LA FALSIFICATION DE L'HISTOIRE

DU MÊME AUTEUR

XAVIER VALLAT (1891-1972). *Du nationalisme chrétien à l'antisémitisme d'État*, Grasset, 2001.

DARQUIER DE PELLEPOIX ET L'ANTISÉMITISME FRANÇAIS, Berg international, 2002.

VICHY DANS LA « SOLUTION FINALE ». *Histoire du commissariat général aux Questions juives (1941-1944)*, Grasset, 2006.

Avec Tal Bruttmann, LA FRANCE ANTIJUIVE DE 1936. *L'agression de Léon Blum à la Chambre des députés*, Éditions des Équateurs, 2006 [nouvelle édition revue et corrigée, CNRS Éditions/« Biblis », 2016].

L'ANTISÉMITISME DE BUREAU. *Enquête au cœur de la préfecture de Police de Paris et du commissariat général aux Questions juives (1940-1944)*, Grasset, 2011.

LES COLLABOS. *Treize portraits d'après les archives des services secrets de Vichy, des RG et de l'Épuration*, Les Échappés, 2011 [nouvelle édition revue, mise à jour et augmentée, Tallandier, « Texto », 2019].

NAISSANCE DE L'ACTION FRANÇAISE. *Maurice Barrès, Charles Maurras et l'extrême droite nationaliste au tournant du XXe siècle*, Grasset, 2015.

DÉNONCER LES JUIFS SOUS L'OCCUPATION. *Paris, 1940-1944*, CNRS Éditions, 2017 [nouvelle édition revue et augmentée, CNRS Éditions/« Biblis », 2021].

L'ÉTAT CONTRE LES JUIFS. *Vichy, les nazis et la persécution antisémite (1940-1944)*, Grasset, 2018 [édition revue et mise à jour, Flammarion/Champs histoire, 2020].

LAURENT JOLY

LA FALSIFICATION DE L'HISTOIRE

Éric Zemmour, l'extrême droite, Vichy et les juifs

BERNARD GRASSET
PARIS

Couverture : © Gettyimage

ISBN : 978-2-246-83081-8

À ma femme Nathalie, qui sait pourquoi

INTRODUCTION

Sans connaître la fin de l'histoire, il est certain que la campagne présidentielle de 2022 aura été marquée par l'émergence d'Éric Zemmour sur la scène politique française.

Jamais, en cent cinquante ans, dans notre République, à la veille d'un scrutin majeur, l'extrême droite n'aura semblé aussi forte, n'aura fait autant de bruit. Rarement, en période de paix, le système politique national n'aura paru aussi fragilisé.

En 1889-90, il avait suffi au gouvernement de montrer (enfin) un peu de fermeté pour enrayer le phénomène Boulanger, révélant chez ce général démagogue, authentique précurseur du populisme en politique, un appétit de pouvoir féroce mais sans consistance et une alliance honteuse avec les royalistes.

En 1957, l'inflation avait eu raison du poujadisme – à l'origine une protestation antifiscale dont le verbe musclé de son initiateur, le jeune papetier Pierre Poujade, et le noyautage idéologique par l'extrême droite avaient, un temps, inquiété le pouvoir.

En 2022, vingt ans après le choc du 21 avril, cinq ans après la qualification (suivie de la défaite attendue) de Marine Le Pen, une victoire populiste, inenvisageable en 2002 (Jean-Marie Le Pen représentait l'épouvantail absolu), inaccessible en 2017 (seul Nicolas Dupont-Aignan s'était rallié à la rivale d'Emmanuel Macron), relève désormais du possible, sur une base identitaire-xénophobe-souverainiste imposée par l'extrême droite.

Si une telle combinaison devait triompher (en 2022 ou lors d'un prochain scrutin), Zemmour y aurait assurément joué un rôle important. Le polémiste lancé en politique se place sur le même registre que les Trump, Bolsonaro, Orbán, Erdoğan, mais à la façon, très française, flattant le public conservateur, de l'homme de lettres indépendant et cultivé qui vibre pour la Nation. Déjà, dans les années 1980-90, les supporters de Jean-Marie Le Pen se rengorgeaient des prouesses de leur idole : aucune autre personnalité politique, assuraient-ils, ne parlait une langue aussi riche, avec un tel vocabulaire, une telle maîtrise de l'imparfait du subjonctif...

Malgré ses outrances, ses condamnations pour provocations à la haine ou à la discrimination raciale, et sa proximité avec Le Pen père (qui, au début d'octobre 2021, lui a presque passé le flambeau de la « droite nationale »), Éric Zemmour est prisé par le lectorat plus modéré du *Figaro* et du *Figaro Magazine.* Les tirages de ses livres approchent voire dépassent ceux de Bainville dans les années 1920-30 ou Amouroux dans les années 1970-80. Et, dans ses rêves les plus fous, l'essayiste se pense capable de réaliser l'union entre la droite et l'extrême droite (ce serpent de mer de la vie politique depuis quarante ans), de réunir l'électorat des retraités « CSP+ », qui a voté massivement pour François Fillon en 2017, et celui moins diplômé, plus jeune, favorable à Marine Le Pen.

La (double) leçon de Maurras

Principal théoricien de l'extrême droite française du XXe siècle, Charles Maurras (1868-1952) répétait que le succès de sa formule politique, le « nationalisme intégral » (à la fois royaliste et implacable contre les « ennemis intérieurs » de la France, juifs, protestants, francs-maçons, naturalisés), passait par la conquête des esprits, par la victoire, préalable, des idées. Et il excellait à démontrer la nécessité de retourner les armes, intellectuelles, culturelles, de l'adversaire pour triompher. Ce que les ennemis de la France ont accompli pour fomenter la Révolution et imposer la République, un groupe également minoritaire et décidé, doté de la vérité politique, peut le défaire, argumentait Maurras.

Zemmour, incontestablement, a retenu

cette double leçon et l'a mise en pratique, menant depuis quinze ans, de l'intérieur même du système qu'il combat, une propagande tous azimuts mêlant provocations calculées et érudition captieuse. Curieusement, cette filiation avec la pensée et la stratégie maurrassiennes est le plus souvent ignorée, minorée ou mal comprise.

Le premier chapitre de cet essai vise donc à situer l'auteur du *Suicide français* dans l'histoire de l'extrême droite française. Polémiste redoutable et talentueux, Éric Zemmour est à bien des égards l'héritier de l'ultra-catholique Louis Veuillot, de l'antisémite Édouard Drumont[1] ou du royaliste Léon Daudet, comme lui journalistes devenus célèbres par leurs écrits provocateurs et enflammés. Mais il est d'abord et avant tout un doctrinaire, à l'instar de Charles Maurras, faisant converger toutes ses observations sur le monde social, toutes ses analyses

1. Gérard Noiriel, *Le Venin dans la plume. Édouard Drumont, Éric Zemmour et la part sombre de la République*, La Découverte, 2019, 252 p.

des productions culturelles, toutes ses lectures, en direction d'une idée unique, d'un objectif précis : libérer la France de l'« invasion musulmane » qui, prophétise-t-il, la détruira si on ne l'écoute pas. Si « la France n'a pas dit son dernier mot », son avenir ne tient plus qu'à un fil : le fil de sa pensée, ultime chance pour sauver le pays. Maurras ne raisonnait pas autrement.

L'arme de l'histoire

Ce qui caractérise Zemmour est l'usage abondant qu'il fait de l'histoire. Là encore, la filiation avec la tradition maurrassienne est frappante. Si l'on parvient à imposer notre interprétation du passé, on peut être en mesure d'imposer nos idées, assenait le maître de l'Action française. Tel était le propos de l'*Enquête sur la Monarchie*, l'œuvre fondatrice, dont l'édition définitive de 1924 s'ouvre sur un vaste panorama du déclin de la France depuis un siècle qu'elle subit « le désordre démocratique et républicain ».

Zemmour, comme Maurras avant lui, comme Drumont, l'auteur de *La France juive* (1886), qui se présentait sous les traits d'un « historien social », assure n'être qu'un observateur, froid et dépassionné, des faits. La profondeur historique dont il se targue (« c'est justement parce que j'ai le cerveau ancré dans un passé lointain que je peux voir ce qui va arriver, car tout ça est déjà arrivé[1] »), suscitant l'admiration d'un vaste public *a priori* cultivé[2], constitue un précieux atout. Comparés aux autres candidats, politiciens sans âme ou technocrates mondialistes, lui aime la France et en connaît l'histoire, clament ses supporters. C'est ainsi que lui seul serait à même de poser le bon diagnostic sur les malheurs du pays et de relever l'œuvre héroïque du général de Gaulle !

1. Interview d'Éric Zemmour sur le site internet de *Valeurs Actuelles*, 29 septembre 2021.
2. « Sur le plan des faits, Zemmour est un historien, il ne commet pas de faussetés », note l'ex-magistrat Philippe Bilger sur le ton de l'évidence, au détour d'un énième programme de CNews à la gloire du polémiste (22 septembre 2021).

« Quand l'Histoire se venge », proclamait triomphalement le bandeau de *Destin français* (2018). Le sens est clair. D'un côté, une histoire officielle, celle des spécialistes appointés, usurpateurs tout-puissants et destructeurs (« ils ont droit de vie et de mort sur la nation[1] »). De l'autre, la véritable Histoire qui, par la plume de Zemmour, se venge de ces outrages.

Le polémiste prétend ainsi incarner « l'histoire » contre « la propagande », « le savoir » contre « l'ignorance », ne cesse de donner des leçons à ses interlocuteurs (« c'est plus compliqué qu'on ne le pense », « il faut se remettre dans le contexte », etc.), tandis que le philosophe Michel Onfray lui tend un miroir flatteur : la réfutation zemmourienne des « travaux de Paxton » serait trop savante, trop subtile, pour être comprise par des journalistes incultes et en veine de polémiques[2] !

---

1. Éric Zemmour, *Destin français*, Albin Michel, 2018, p. 37.
2. « Il met le niveau très haut avec des gens qui peuvent ne pas comprendre la subtilité de sauver *des* juifs, sauver *les* juifs. D'un seul coup la presse s'empare de ce détail [...]. L'inculture est telle qu'il est très difficile de combattre au même niveau »,

Une telle prétention à dire le vrai au nom de l'histoire mérite donc un examen attentif.

Vichy, Pétain, la déportation des juifs

Pour l'essentiel, mon propos se concentre sur la période de la Seconde Guerre mondiale, de Vichy et de la « solution finale ». Outre que les paroles et écrits d'Éric Zemmour sur le sujet ont suscité à plusieurs reprises le scandale, c'est là que, précisément, le lien entre sa volonté de réécriture de l'histoire et son projet politique est le plus manifeste.

Mais l'imposture est constante, et un travail similaire pourrait être entrepris sur bien d'autres sujets et périodes. C'est ainsi que, lors de l'émission de CNews « Face à l'info » du 15 octobre 2020, l'auteur de *Destin français*, recyclant une vieille fable de l'extrême droite, a pu affirmer que l'on ne « saura jamais » si

---

expose Onfray, poussant la complaisance au ridicule. Débat avec Zemmour au Palais des congrès de Paris, 4 octobre 2021.

le capitaine Dreyfus était « innocent », ajoutant (deuxième énormité) que le malheureux officier était avant tout attaqué comme « Allemand » et « pas tellement en tant que juif » (un simple clic sur les collections de périodiques en ligne de la BnF suffit à constater l'évidence : c'est bien sûr contre le « traître juif » que la presse nationaliste de l'époque se déchaînait surtout)[1].

Quant à son obsession bien connue des prénoms français et de la loi napoléonienne de 1803, elle aussi trahit sa propension à nier la réalité historique.

En fait, contrairement à ce qu'affirme Zemmour, rien n'a jamais interdit à un citoyen français de confession musulmane d'appeler son fils Mohamed, la loi de 1803 limitant le choix des prénoms à ceux en usage « dans les différents calendriers » et à ceux de « personnages connus de l'histoire ancienne », tel le

1. Voir le décryptage de Marc Knobel, « Lorsqu'Éric Zemmour jette le soupçon sur l'innocence d'Alfred Dreyfus », *Revue des Deux Mondes*, 22 octobre 2021 (en ligne).

fondateur de l'islam... Ainsi, sous la Troisième République, au temps où l'Algérie était française, les quelques milliers d'« indigènes musulmans » ayant pu accéder à la citoyenneté pleine et entière (souvent pour s'être distingués à titre militaire) demeuraient libres de donner des prénoms coraniques à leurs enfants, eux-mêmes pleinement français[1].

On pourrait multiplier les exemples. Je me limiterai donc au plus important, au plus symptomatique : la politique antijuive du maréchal Pétain. Non seulement, assure Zemmour, le régime de Vichy n'a commis aucun « crime » en livrant aux nazis des dizaines de milliers de juifs promis à la mort, mais ce qui est « criminel », c'est la reconnaissance du rôle de l'État français dans la Shoah par le président Chirac lors de son fameux discours du

1. Ce qui préoccupait les autorités coloniales était que les candidats soient assimilés, « vertueux », en relation avec des « Européens » et qu'ils aient « rendu des services à la France ». Laure Blévis, « La citoyenneté française au miroir de la colonisation : étude des demandes de naturalisation des "sujets français" en Algérie coloniale », *Genèses*, n° 53, 2003/4, p. 25-47.

16 juillet 1995 : « On essaie de culpabiliser le peuple français en permanence pour qu'il se soumette à l'invasion migratoire et l'islamisation du pays », a-t-il déploré sur Europe 1 le 26 septembre 2021.

En temps normal, de tels propos, dignes de *Rivarol* ou de *National Hebdo*, auraient suffi à décrédibiliser n'importe quel candidat à l'élection suprême. Il n'en a rien été, et l'ancien président Nicolas Sarkozy a lui-même considéré que ce que le polémiste « dit sur Vichy, ça fait partie du débat[1] »…

Assurément, ce qu'Éric Zemmour dit et écrit sur le sujet est révélateur de ce qu'il est, de ce qu'il pense et de ce qu'il veut faire si lui-même ou ses idées arrivaient au pouvoir.

1. Émission « C à vous », France 5, 5 octobre 2021.

1.

Éric Zemmour est-il d'extrême droite ?

Pour qui regarde de près les références intellectuelles mobilisées par Zemmour et les présupposés idéologiques de son discours, la réponse à cette interrogation est évidemment « oui ». Sauf que le polémiste invoque sans cesse le général de Gaulle, se revendique du RPR, le RPR « authentique », de Jacques Chirac et de Charles Pasqua. Nombre de ses supporters passent leur temps sur les réseaux sociaux à répéter en boucle que le polémiste « n'est pas d'extrême droite », qu'il « n'est pas raciste » ni « xénophobe ». Et l'on trouve même des experts mal réveillés ou complaisants pour leur donner du grain à moudre.

C'est ainsi que le politologue Jean-Yves Camus s'est embourbé dans des distinctions oiseuses dont la conclusion (triomphalement propagée par la Zemmoursphère au début d'octobre 2021) est que l'auteur du *Suicide français* ne doit pas être classé à l'extrême droite, qu'il est surtout gaulliste.

Or, si on le replace dans l'histoire de l'extrême droite française du XIXe siècle à nos jours[1], il ne fait aucun doute qu'Éric Zemmour est l'héritier de cette vieille tradition politique et un nouvel avatar du « nationalisme ethnique[2] » né au tournant du XXe siècle dans le sillage du boulangisme puis de l'affaire Dreyfus.

---

1. Inspirée de la terminologie parlementaire et enracinée depuis plus de deux siècles, la notion d'extrême droite (comme celle d'extrême gauche) s'est imposée dans le vocabulaire politique et historique : il y a toujours eu une droite plus à droite que la droite dominante (et une gauche plus à gauche que la gauche majoritaire).
2. Selon la formule proposée en 1910 par un disciple de Barrès et Maurras (Henri Clouard, *La « Cocarde » de Barrès*, Nouvelle librairie nationale, 1910, p. 29-31, p. 58-59).

Le nationalisme de Barrès et Maurras

Au début des années 1890, le jeune écrivain et député boulangiste Maurice Barrès théorise ainsi un nationalisme (il est l'un des premiers, si ce n'est le premier, à utiliser le mot dans son sens moderne) fondé sur l'exaltation des déterminismes raciaux et culturels, qu'il oppose au faux individualisme des droits de l'Homme et au « cosmopolitisme » des citoyens de « fraîche date », plus particulièrement des juifs, Français sur le papier, mais non dans leur chair, dans leur cœur, dans leur âme.

« Avec une apparence de paix, la France est en guerre civile », prophétise en 1900 Barrès, hanté qu'il est par les temps démocratiques nouveaux ; « l'étranger », appuyé par les « humanitaires » « ivres » de « verbalisme » et de « sentimentalité insipides », a entrepris de substituer son idéologie destructrice au sain patriotisme et au rude bon sens populaires : « L'abaissement de notre natalité, l'épuisement de notre énergie [...] déterminent l'envahissement de notre territoire et de notre sang par des éléments étrangers qui aspirent à soumettre les éléments nationaux. [...] Aujourd'hui, parmi nous, se sont glissés de nouveaux Français que nous n'avons pas la force d'assimiler [...] et qui veulent nous imposer leur façon de sentir. Ce faisant, ils croient nous civiliser ; ils contredisent notre civilisation propre. Le triomphe de leur manière de voir coïnciderait avec la ruine réelle de notre patrie[1]. »

À la même époque, avec Charles Maurras et l'Action française, s'opère la jonction entre l'extrême droite contre-révolutionnaire du XIXe siècle (l'ultraroyalisme, le légitimisme catholique et réactionnaire) et ce « nationalisme ethnique » incarné par Maurice Barrès mais aussi Édouard Drumont ou Georges Thiébaud.

L'extrême droite contemporaine, nationaliste, plébéienne et xénophobe, est née. Dans les années 1920-30, elle est royaliste (avec l'AF), ligueuse, antiparlementaire, attirée par le fascisme. Sous l'Occupation, elle fournit

1. Maurice Barrès, « Les études nationalistes au Quartier latin », *Le Journal*, 15 février 1900.

les gros bataillons des mouvements collaborationnistes (principalement le Parti populaire français de Jacques Doriot, ancien député communiste converti au fascisme après 1936), de la Milice et des administrations nouvelles de Vichy. Après la guerre, discréditée, balayée par l'épuration, elle vit dans l'ombre des réprouvés, trouve quelques refuges ici ou là (principalement auprès des Indépendants d'Antoine Pinay), parvient à noyauter le mouvement poujadiste et se refait une santé au moment de la guerre d'Algérie, avec l'OAS.

Le complexe de la Résistance et de la persécution

Arrêtons-nous un instant sur l'un des traits caractéristiques de cette extrême droite vaincue des années 1950-60 : le désir de capter, en les retournant, les symboles les plus légitimes, les plus écrasants, du gaullisme, de la Résistance, de la déportation. Les partisans de l'Algérie française, de l'OAS, se posent ainsi en nouveaux résistants, en authentiques héritiers du général de Gaulle, celui de l'appel du 18 juin, celui de Londres et d'Alger, après que la littérature des réprouvés de l'après-guerre a présenté les « collabos » frappés par l'épuration comme « les Juifs [du] nouveau régime[1] », les nouveaux persécutés – les uns et les autres n'ont-ils pas été parqués au Vel d'Hiv, à Drancy ?

En mettant grossièrement ses pas dans ceux du général de Gaulle, en comparant un Renaud Camus à un résistant de 1942[2], en banalisant, par ses raccourcis historiques, le drame des juifs sous l'Occupation, Éric Zemmour, on le voit, n'a rien inventé. Mais, à l'époque, de telles manipulations ne faisaient guère illusion. On savait d'où elles venaient et ce qu'elles signifiaient. Surtout, sauf exception rare, elles restaient confinées aux cercles pétainistes et fascisants. Elles étaient le discours, en vase clos, d'un certain milieu.

1. Ainsi, Claude Jamet, *Fifi Roi*, L'Élan, 1947, p. 260.
2. Éric Zemmour, *La France n'a pas dit son dernier mot*, Rubempré, 2021, p. 144.

L'héritage de l'Action française

Un autre trait typique de l'extrême droite française depuis la Libération est son lien, maintenu, avec l'héritage maurrassien. Il n'est pas anodin que ses deux principaux porte-parole des années 1950 aux années 2000, Jean-Louis Tixier-Vignancour et Jean-Marie Le Pen, aient tous deux commencé leur carrière dans l'orbite de l'Action française – le premier comme camelot du roi au milieu des années 1920, le second en vendant l'hebdomadaire d'AF *Aspects de la France* une vingtaine d'années plus tard. À l'instar de Marion Maréchal, Éric Zemmour se situe plus ouvertement encore dans cette tradition, sa référence absolue étant Jacques Bainville, l'historien de l'Action française.

Plume brillante, auteur distingué de livres sur la France ou Napoléon, Bainville n'en demeure pas moins un pur produit de ce syncrétisme idéologique aux sources de l'extrême droite contemporaine : royaliste (son point de départ), il a adopté tous les présupposés du « nationalisme ethnique ». Conférencier antiprotestant au début du siècle (cela paraît à peine croyable de nos jours mais, vers 1900, l'antiprotestantisme était en vogue dans les milieux nationalistes), admirateur de Drumont (« Son affection à la terre, à la race, au sang français, se tourne en horreur de ces juifs qui veulent confisquer ou altérer nos biens les plus précieux[1] »), Bainville est resté jusqu'au bout (il est décédé en 1936) fidèle aux thèses de Maurras et au quotidien *L'Action Française* (tout entier rallié au maréchal Pétain et à la politique de collaboration après 1940).

Héritier de Maurras, Zemmour l'est surtout par la foi qu'il manifeste dans la toute-puissance de ses idées, de ses écrits. L'auteur de l'*Enquête sur la Monarchie* était convaincu qu'avec un journal à sa dévotion il convertirait la France entière au « nationalisme intégral ». « Lisez-moi, écoutez-moi et vous verrez qu'il y a de fortes chances pour que vous soyez

---

1. Jacques Bainville, « Bulletin bibliographique », *L'Action Française*, n° 41, 1er mars 1901, p. 432.

d'accord avec moi », aime à répéter le polémiste sur les réseaux sociaux. Comme Charles Maurras, il montre, dans le combat intellectuel, une âpreté, une assurance à toute épreuve ; il en va toujours de la vie ou de la mort de la France, de sa culture, de la civilisation. Ses certitudes, la violence et la radicalité de ses partis pris expliquent fondamentalement son succès, son audience : lui détient la vérité, a réponse à tout, sait où aller et ce qu'il faut faire pour « sauver le pays ».

Comme Maurras verrouillé dans sa pensée et son système, Zemmour excelle aussi à démontrer que ses insultes les plus outrancières, les plus infondées, sont en fait parfaitement justifiées. Si l'on s'en indigne, c'est qu'on l'a mal compris, que l'on mélange « émotion » et « raison ». Car il a toujours raison.

Le passage, qui a fait scandale, de son dernier livre visant les victimes du terroriste Mohammed Merah (auxquelles il reproche, comme à leur bourreau, la volonté de leur famille de les inhumer à l'étranger) est à cet égard symptomatique. Dans son cabinet de travail, le doctrinaire a pris plaisir à mêler ses obsessions barrésiennes (« La terre et les morts »), ses dadas culturels (*Les Tontons flingueurs*) et ses penchants pamphlétaires – « Assassins ou innocents, bourreaux ou victimes, ennemis ou amis, ils voulaient bien vivre en France, "faire de la garbure" ou autre chose, mais pour ce qui est de laisser leurs os, ils ne choisissaient surtout pas la France. Étrangers avant tout et voulant le rester par-delà la mort[1] » –, sans la moindre considération pour les effets sur autrui de ce qu'il écrit. La logique interne de son argumentation, justifiée au nom de la « raison », de « l'anthropologie », prime tout. Et, une fois qu'il a renoncé à convaincre son interlocuteur du bien-fondé de ses explications, il l'accable de mépris ou de condescendance. Tel est le tour d'esprit zemmourien.

Enfin, comme le théoricien de l'Action française, l'auteur du *Suicide français* se veut un « réaliste », ne cesse d'invoquer la « raison

1. É. Zemmour, *La France n'a pas dit son dernier mot*, *op. cit.*, p. 152. En mars 2012, il tenait des propos similaires sur RTL.

d'État » et d'accuser ses adversaires d'être dans les « nuées », alors que, dans les faits, lui-même ne voit la réalité qu'à travers le prisme déformant de ses constructions intellectuelles. Car, à l'instar de Maurras, et contrairement au général de Gaulle, contrairement même à un Maurice Barrès, il ne part (parle) jamais de la France telle qu'elle est mais d'une représentation de ce qu'elle devrait être. « Maurras, avec la belle assurance d'un chirurgien impassible, espère imposer, par une opération brutale, un système que repousse la nation », écrivait Barrès au sujet du programme de restauration monarchique de son ami[1]. Plus de cent vingt ans plus tard, les mêmes mots pourraient s'appliquer à Zemmour et à son projet de redressement autoritaire de la nation visant à « rétablir la France des années 1960[2] ».

Mais, au bout du compte, ce qui rapproche sans doute le plus Éric Zemmour de Charles

1. « Lettre de Maurice Barrès sur la Monarchie », *Les Dimanches politiques et littéraires*, 16 septembre 1900.
2. *Valeurs Actuelles*, 6 août 2020.

Maurras est le cachet intellectuel et la large diffusion qu'il a su, à son tour, donner aux présupposés du « nationalisme ethnique ».

Dans la France de la première moitié du XXᵉ siècle, l'auteur de l'*Enquête sur la Monarchie* fut le grand théoricien et le principal passeur des préjugés xénophobes et antisémites auprès de l'opinion de droite et d'extrême droite. Il est le penseur politique qui a le plus fait pour libérer l'antisémitisme de Drumont, et son programme « La France aux Français », de l'univers mal famé et crapuleux où il se trouvait relégué au temps de *La Libre Parole*, et lui permettre d'accéder au domaine de la raison, au rang de l'intelligence. Pendant plus de trente ans, dans *L'Action Française*, Maurras a habitué ses lecteurs à la méfiance à l'égard des Français d'origine étrangère (« la naturalisation est une fiction légale », « une vie physique est en eux qui peut travailler contre nous », etc.) et à un antisémitisme d'autant plus légitimé qu'il se présentait sous des dehors rationnels, politiques, avec ses exceptions pour les « Juifs bien nés ». Sa doctrine a directement influencé la législation de Vichy.

De même, Zemmour s'est efforcé d'accoutumer un public bien plus large encore, de l'émission « On n'est pas couché » sur France 2 (2006-2011) à ses chroniques du *Figaro*, aux thèmes les plus marginaux de l'extrême droite (de l'antiféminisme à la théorie du grand remplacement), jusque-là réservés aux publications de François Brigneau, d'André Figueras, de Renaud Camus ou d'Alain Soral...

Une fusion inédite

Le cas Zemmour est sans précédent. Jamais, dans l'histoire politique de la France depuis deux cents ans, un tel profil d'écrivain-doctrinaire marqué à l'extrême droite n'a été en mesure de jouer un rôle de premier plan. L'antisémite Drumont, le royaliste Daudet ne furent que brièvement députés, et pour la parade. Quant à Maurras, quasi sourd, élitiste, réservant sa production d'écrivain à un public d'initiés, il était incapable de s'adresser au plus grand nombre, même si, à la fin des années 1930, ses polémiques de presse contre le Front populaire et ses attaques antisémites contre Léon Blum (qui lui vaudront de passer huit mois en prison pour « provocation au meurtre ») l'avaient rendu plus populaire que jamais dans l'opinion d'extrême droite.

Polémiste et doctrinaire, Zemmour est, lui, doué d'un véritable instinct populiste. Ses postures et ses formules rappellent celles des Le Pen ou de Poujade (qui lançait à la foule de ses partisans : « si nous ne sommes pas capables de nous unir pour cet effort libérateur, c'est que nous ne sommes plus qu'un ramassis de bâtards indignes du nom de Français[1] »). Sa maîtrise des codes médiatiques et son aptitude à les subvertir pour monopoliser l'attention sont dignes de la communication tapageuse, sidérante, du général Boulanger à la fin des années 1880.

---

1. Pierre Poujade, *J'ai choisi le combat*, SGEP, 1955, p. 147.

Mais le phénomène qu'il incarne, qui triomphe ou a semblé triompher aux États-Unis, en Angleterre, au Brésil, en Russie ou en Hongrie, soutenu par un puissant empire médiatique (le Groupe Bolloré), n'a pas de précédent en France. Ou plutôt, il n'en existe qu'une ébauche : en 2007, Nicolas Sarkozy a remporté l'élection présidentielle à la suite d'une campagne déjà populiste et droitière – de manière significative, ses deux principaux conseillers, l'un gaulliste (Guaino), l'autre issu de l'extrême droite maurrassienne (Buisson), incarnaient une sorte d'idéal zemmourien avant l'heure. Stigmatisant l'immigration, les « assistés », l'héritage de 68, Sarkozy se positionnait cependant davantage sur les enjeux sécuritaires que proprement identitaires et, surtout, il restait ancré dans la droite classique.

De fait, depuis la naissance de la Troisième République, jamais l'union des droites, telle que la conçoit l'auteur de *Destin français*, n'a été en mesure de remporter des élections, et elle n'a été portée au pouvoir que sous Vichy.

Dès juillet 1940, en effet, le premier gouvernement de l'État français du maréchal Pétain réunissait des royalistes, des catholiques traditionalistes, des proches du colonel de La Rocque, des hommes de centre-droit, des néo-socialistes (l'élément fasciste gagnera en importance en 1941, et surtout en 1944, avec l'État milicien, à bien des égards une excroissance monstrueuse de l'Action française, mais ne sera jamais prépondérant).

Depuis la Libération, droite (gaulliste ou démocrate-chrétienne) et extrême droite (ex-pétainiste ou ex-collaborationniste) ont cheminé de part et d'autre d'une frontière rarement traversée – et jamais à l'occasion d'une présidentielle. Le verrou posé par Jacques Chirac en 1988 a, depuis, toujours résisté. Tout le projet d'Éric Zemmour vise précisément à le faire sauter.

À cet égard, il n'est pas anodin que le polémiste invente, contre l'évidence des faits, que « 90 % » des résistants accourus à Londres en 1940 étaient de l'Action française ou que

« la gauche fut majoritaire à Vichy[1] ». Réviser l'histoire des années noires est un élément indispensable de la révolution culturelle qu'il entend imposer dans les esprits afin de faire accepter son programme. C'est là toute la singularité de son profil de doctrinaire engagé en politique.

1. Éric Zemmour, *Mélancolie française*, Fayard/Denoël, 2010, p. 146.

2.

Réécrire l'histoire de Vichy pour réunir les droites

Pour les formations de droite, toute alliance avec le parti dirigé par Jean-Marie Le Pen – cette incarnation de l'extrême droite française du XXe siècle jusque dans ses outrances pronazies et antisémites – puis par sa fille Marine relève, depuis quarante ans, de l'interdit plus ou moins absolu. Les politiques qui s'y sont risqués ont sombré dans la marginalité, tel l'UDF Charles Millon à la suite des élections régionales de 1998. Et, jusqu'il y a encore peu de temps, les intellectuels qui naviguaient entre droite et extrême droite, prônant « l'union des droites » sur le modèle de l'alliance socialo-communiste, avaient une audience confidentielle ou étaient tenus d'avancer dans l'ombre.

Qui connaît le nom de Serge Jeanneret (1911-2000), disciple de Maurras, membre du cabinet du ministre fasciste de Vichy Abel Bonnard, puis résistant, proche d'Antoine Pinay et éminence grise de Poujade dans les années 1950, avant de se partager, comme élu local à Paris dans les années 1970-80, entre le FN et le RPR ? Qui se souvient du Club de l'horloge, ce cercle de réflexion d'extrême droite lié à la droite classique (Poniatowski, Madelin, etc.) dans les années 1980 ? Ou a entendu parler des hauts fonctionnaires Philippe Martel (1955-2020) et Paul-Marie Coûteaux (ancien député européen œuvrant, plus ou moins secrètement, au rapprochement avec le parti lepéniste à l'abri de l'étiquette souverainiste) ?

Proche conseiller de Nicolas Sarkozy entre 2005 et 2012, Patrick Buisson est le premier représentant de cette nébuleuse, ancrée idéologiquement à l'extrême droite mais fort bien insérée dans le système politique, médiatique et mondain « légitime », à avoir exercé une influence au plus haut niveau.

C'est précisément de ce monde qu'Éric Zemmour est issu. Le RPR qu'il invoque sans cesse est un fantasme, qui n'a jamais concerné qu'une minorité d'intellectuels ou d'activistes transfuges de l'extrême droite la plus dure, tel Jeanneret. Le RPR de Jacques Chirac (1976-2002) est, en vérité, le parti de droite resté, jusqu'au bout, le plus réfractaire aux thèmes extrémistes et identitaires, en dépit de certains dérapages et de la convention de Villepinte (1990)[1].

---

1. Au cours de cette convention de l'opposition, il avait été proposé de stopper l'immigration, de limiter le regroupement familial aux seuls immigrés titulaires d'une « carte de long séjour », de lutter efficacement contre les clandestins et les abus du droit d'asile. Mais, pour l'essentiel, les droits sociaux pour les étrangers n'étaient pas remis en cause, on en appelait à une aide « généreuse » au développement, et personne ne proposait des mesures de retour forcé, de déchéance de la nationalité, etc. Quant à l'islam, si ses principes étaient décrits comme incompatibles « avec le droit français » (par exemple la polygamie ou le statut des femmes), on retenait que le Coran est « fort pragmatique » et qu'un islam modéré est compatible avec les lois républicaines. Sur le fond, comme sur la forme, on était loin des positions de Zemmour (qui se rattachent en revanche à celles que formulait alors le FN).

L'une des originalités de Zemmour, par rapport à ses amis « unionistes », est d'être remonté à la source de ce qui, historiquement, sépare la droite de gouvernement, plus particulièrement gaulliste, de l'extrême droite : le souvenir de la collaboration et de la Résistance, la « querelle Pétain/de Gaulle ». D'où, à ses yeux, la nécessité d'imposer une interprétation alternative à la « doxa » afin de les réconcilier.

Le polémiste n'est pas, on va le voir, le premier à falsifier les faits historiques sur Vichy dans l'optique de l'union des droites, mais il est le premier à aller aussi loin dans le mensonge et la manipulation.

La défense du maréchal Pétain en 1945

Appelé au pouvoir en juin 1940 dans les circonstances terribles de la débâcle, le maréchal Pétain, gloire nationale, âgé de 84 ans, avait devant lui trois options possibles, une fois signé l'armistice avec le Troisième Reich et le choix fait de rester en métropole : administrer le pays et protéger sa population au nom de l'union nationale et dans le cadre strict de la convention (c'est ce que préconisait le diplomate Léon Noël, premier délégué de Vichy en zone occupée) ; initier une politique de régénération nationale mais en se tenant scrupuleusement à la lettre de l'armistice (telle était la position du très patriote et traditionaliste général Weygand, ministre de la Défense nationale) ; prendre acte de la victoire allemande et ménager à la France une place de choix dans le nouvel ordre européen nazi, soit dépasser le cadre contraignant, juridique, de l'armistice pour mener une véritable politique de collaboration (seule option « réaliste » selon le vice-président du Conseil Pierre Laval).

Le drame du vieux maréchal est d'avoir cru possible de protéger les Français tout en conciliant les options Weygand et Laval. Le refus de l'union nationale, le choix de la « Révolution nationale », l'entrée dans la collaboration ne pouvaient que conduire à désigner des ennemis à l'attention de l'occupant et à se rendre complice de ses crimes. C'est, fatalement, ce qui s'est passé.

Quelles qu'aient été les bonnes intentions qu'il a pu manifester (en privé) et ses velléités de limiter la politique de collaboration, Pétain a été amené à soutenir de son autorité les pires dérives de l'État français, de la création des sections spéciales en 1941 aux crimes de la Milice (qu'il encourage encore publiquement au printemps 1944), en passant par les grandes rafles contre les juifs en 1942.

Tels sont les faits, établis dès les années 1960-70 par la recherche historique et affinés depuis par d'innombrables travaux : la politique de Vichy ne consistait pas à tenir la balance égale entre le Troisième Reich et les Alliés, entre « le clan des Ja » et « le clan des Yes », pour reprendre un poncif pétainiste cher à Éric Zemmour ; elle penchait très nettement du côté hitlérien, il s'en est fallu de peu qu'elle conduise à la co-belligérance avec l'Allemagne en 1941 et elle a plongé la France en état de quasi-guerre civile en 1944.

Lors de son procès devant la Haute Cour

de justice, le maréchal Pétain, aidé de ses avocats, a tenté de faire valoir une vision édifiante, héroïque, de son rôle sous l'Occupation. Toute la mythologie de Vichy est résumée dans cette courte déclaration lue par l'accusé lors de la première audience (23 juillet 1945) :

> Oui, l'armistice a sauvé la France [...]
> Le pouvoir m'a été alors confié légitimement et reconnu par tous les pays du monde, du Saint-Siège à l'URSS.
> De ce pouvoir, j'ai usé comme d'un bouclier pour protéger le peuple français. [...]
> Pendant que le général de Gaulle, hors de nos frontières, poursuivait la lutte, j'ai préparé les voies de la libération, en conservant une France douloureuse mais vivante. [...]
> La France libérée [...] ne pourra construire utilement que sur les bases que j'ai jetées. [...]
> Pour ma part, je n'ai pensé qu'à l'union et à la réconciliation des Français[1].

1. *Procès du maréchal Pétain : compte rendu officiel in extenso des audiences de la Haute Cour de justice*, Imprimerie des Journaux officiels, 1945, audience du 23 juillet 1945, p. 9.

L'axiome du « moindre mal », le mythe du « glaive » et du « bouclier » sont en place. Les avocats du maréchal n'ont plus qu'à développer. Des trémolos dans la voix, le jeune et éloquent Me Isorni affirme ainsi : « Le Maréchal Pétain n'a livré personne. À la dure loi de l'ennemi, il n'a cherché qu'un palliatif. » Et ce « palliatif » a notamment permis de sauver une grande partie des « Juifs français » : « C'est seule l'action du gouvernement du Maréchal qui les a, peut-être faiblement, mais protégés quand même[1]. »

La défense de Vichy a trouvé son meilleur avocat. D'une voix seulement, Philippe Pétain est condamné à la peine capitale, puis gracié par le général de Gaulle, à la grande satisfaction de l'opinion, qui était favorable à une sanction exemplaire mais souhaitait l'indulgence.

1. *Ibid.*, audience du 14 août 1945, p. 369.

L'affaire Rémy (1950) : la théorie des « deux cordes » ou unir les Français contre Moscou

Dans la France de l'immédiat après-guerre, dominée par les forces issues de la Résistance et penchant électoralement à gauche, la cause du prisonnier de l'île d'Yeu n'émeut pas les foules. Le souvenir de la politique de Vichy, des crimes de la collaboration, est trop vivace. À la fin des années 1940, les sensibilités évoluent cependant, sur fond de crise persistante (le pays a connu en 1947 une série de conflits sociaux violents et inquiétants), de hantise à l'égard du communisme et de lassitude par rapport à l'épuration. Un Comité pour la libération du Maréchal est constitué et agite l'opinion.

C'est dans ce contexte qu'en avril 1950 un héros de la Résistance, le colonel Rémy, lance un pavé dans la mare via un article choc publié par l'hebdomadaire *Carrefour* : non seulement il reprend à son compte la thèse pétainiste (« la France de juin 1940 avait à la fois besoin du maréchal Pétain et du général de Gaulle »), mais il fait aussi parler l'homme du 18 juin (« il faut que la France ait toujours deux cordes à son arc. En juin 1940, il lui fallait la "corde" Pétain aussi bien que la "corde" de Gaulle »).

Il suffit de se reporter à la biographie du général publiée par le même Rémy en 1947, où cette anecdote figure déjà (mais à titre d'hypothèse !), pour constater que l'intéressé a, cette fois, très librement interprété la parole de son chef[1]. Le scandale est retentissant. Désavoué par de Gaulle, l'ancien résistant se coupe de ses amis et doit quitter le parti gaulliste, le RPF, dont il était l'un des dirigeants.

Disciple de Maurras, pionnier de la lutte clandestine, vouant depuis 1940 une haine féroce à Pétain (le « cynique vieillard de l'île d'Yeu », fulmine-t-il encore en 1948), le colonel Rémy a, soudain, trouvé son chemin de Damas (tout en renouant avec ses amitiés d'extrême droite) : « l'union indispensable des

---

1. Ce qu'ignore Zemmour, qui écrit, grandiloquent et définitif : « Le glaive et le bouclier, de fait. Dans les faits. Le glaive et le bouclier dans les têtes. Dans leurs têtes. » É. Zemmour, *Destin français*, *op. cit.*, p. 541.

Français ». Cette « querelle » entre Pétain et de Gaulle, divisant entre eux des bons Français, est exploitée par « les agents de l'étranger » ; tous ces « braves gens » s'opposant les uns aux autres sont, sans le vouloir, les « auxiliaires directs » du communisme, justifie l'apostat dans des déclarations tapageuses à la presse[1].

Une « crise d'illuminisme », constate le général de Gaulle, navré de la dérive de « ce pauvre Rémy » : « Il me paraît presque incroyable que quelqu'un comme lui et qui fut aussi près de moi puisse mettre sur le même plan ce que *nous* avons fait, c'est-à-dire au total la guerre, et ce que *Vichy* a fait, c'est-à-dire au total la capitulation[2]. »

---

1. Citées par Philippe Kerrand, *L'Étrange Colonel Rémy*, Champ Vallon, 2020, p. 29 et 31.
2. Lettre de Charles de Gaulle à Louis de La Bardonnie, 4 mai 1950, citée par *ibid.*, p. 37. Mots soulignés par de Gaulle.

*L'*Histoire de Vichy *de Robert Aron (1954) ou l'impératif de la « réconciliation »*

Dans l'opinion de droite et d'extrême droite favorable au vieux maréchal, la prise de position du colonel Rémy constitue une divine surprise. Les pétainistes redressent la tête. Au nom du danger communiste, du péril affolant de l'abaissement de la France, le thème de la « réconciliation » gagne du terrain.

Au début de l'année 1951, un parti ouvertement pétainiste voit le jour : l'Union nationale des indépendants républicains (UNIR). Le jeune Jean-Marie Le Pen s'occupe du service d'ordre de la campagne de son leader à Paris, Me Isorni. L'ancien avocat du maréchal Pétain est élu député en juin 1951 (un mois avant la mort du vieillard de l'île d'Yeu), en clamant : « Quelque chose sépare les Français, c'est le sentiment d'une injustice. Cette injustice c'est le geste de réconciliation qui n'est pas venu pour rassembler les deux symboles : le bouclier Pétain et l'épée de Gaulle[1]. »

Les élections de 1951 ont conforté le retour de la droite au premier plan. En mars 1952, un ancien pétainiste, le très conservateur Antoine Pinay, est nommé président du Conseil. Des mesures d'amnistie sont adoptées, jusqu'à la grande loi d'août 1953 qui décrète une amnistie générale. Il ne reste presque plus aucun collaborateur en prison.

Publié en 1954 chez Fayard, l'*Histoire de Vichy* de Robert Aron vient donc à son heure offrir une vision de la France des années noires soucieuse d'« apaiser » les esprits, de « rassembler » les Français, selon les mots de présentation de l'ouvrage et de son auteur.

Alors âgé de 56 ans, intellectuel et journaliste, Aron n'est pas lui-même un chercheur. Son ouvrage, il l'a rédigé dans l'urgence,

---

1. « Une controverse passionnée autour du maréchal Pétain », *Le Monde*, 12 juin 1951.

entre deux commandes (l'homme vit, difficilement, de sa plume)[1]. Mais il a travaillé avec Georgette Elgey, à l'aube d'une brillante carrière d'historienne, qui l'a aidé à rassembler sa documentation. Celle-ci ne se fonde sur aucune archive, à l'exception de quelques fonds privés d'anciens ministres ou fonctionnaires de Vichy. Les archives publiques ne sont pas encore ouvertes, et celles qui le sont, rassemblées par le Centre de documentation juive contemporaine, n'ont intéressé ni Aron ni son assistante.

Le binôme s'est pour l'essentiel limité aux souvenirs et justifications publiés par les nombreux acteurs de la période ainsi qu'à la sténographie, alors largement inédite, des procès devant la Haute Cour de l'ensemble des ministres et secrétaires généraux de Vichy. La question de la politique antijuive est encore considérée comme marginale et les rafles de l'été 1942 ne font l'objet que de deux pages

1. Voir ainsi sa lettre à Bernard Grasset du 13 mars 1954 (Archives de l'IMEC, 770 GRS 581.8).

(sur les 750 que compte l'*Histoire de Vichy*) remplies d'erreurs (les dates et chiffres cités sont presque tous faux) : Pétain est crédité d'avoir voulu « arrêter ce déshonneur » dont s'est rendu coupable Pierre Laval en livrant en masse les juifs étrangers aux nazis même si, « arithmétiquement parlant », le chef du gouvernement « a peut-être sauvé des vies humaines[1] »…

Ce type d'analyse, faussement équilibrée, est caractéristique du récit aronien, qui balance entre portraits psychologiques, jugements implacables (visant l'auteur du premier statut des juifs Raphaël Alibert, l'inconséquence du maréchal après le débarquement allié de novembre 1942 ou les crimes odieux de la Milice) et généralités lénifiantes. D'où l'adhésion, inévitable, au mythe du « bouclier » (Pétain) et de « l'épée » (de Gaulle) : « Tous deux étaient également nécessaires à la France[2]. »

1. Robert Aron, *Histoire de Vichy*, Fayard, 1954, p. 528.
2. *Ibid.*, p. 94.

Aron, incontestablement, était l'homme de la « réconciliation », qui correspondait aux attentes de l'époque et d'un certain milieu lié au champ du pouvoir. Mais cette inclination, sincère et profondément ancrée chez ce grand croyant[1], résulte aussi de convictions politiques et intellectuelles pour le moins brumeuses.

Théoricien du personnalisme et figure du mouvement Ordre nouveau, Aron ferraillait dans les années 1930 à la fois contre l'« esprit totalitaire » et l'« esprit démocratique », dans un confusionnisme politico-philosophique typique des temps de crise, invoquant Proudhon, Sorel ou Péguy, assenant des vérités paradoxales et absurdes (« Il n'est pas de liberté possible sans dictature à la base[2] »). Peu après la conférence de Munich, il publiait un livre invraisemblable de naïveté, digne des songes lavaliens de 1940-42, dans lequel il reprochait

1. Qui l'amènera à proposer, dans son testament spirituel publié en 1975, peu après sa mort, une conciliation des points de vue juif et chrétien.

2. Robert Aron, *Dictature de la liberté*, Grasset, 1935, p. 141.

aux démocraties de ne pas savoir « prendre » Adolf Hitler :

> Comment traiter avec Hitler ? D'abord en étant persuadés qu'il est utile de causer, c'est-à-dire qu'ils dépend de nous, de notre attitude envers lui, que Hitler se raidisse devant la France dans une attitude hostile, ou qu'il prenne à notre égard une attitude d'estime, peut-être même de confiance [...].
> Nous pouvons proposer à l'Europe et à l'Allemagne les principes d'une organisation nouvelle dont elle peut avoir besoin[1].

Victime du statut des juifs et brièvement interné par l'occupant en 1940, pétainiste, rallié à la Résistance après novembre 1942, Robert Aron est resté, comme historien des années noires, le même chantre de la conciliation à faux.

Dès ses souvenirs de guerre, parus chez Albin Michel en 1950, le futur auteur de l'*Histoire*

1. *Id.*, *La Fin de l'après-guerre*, Gallimard, 1938, p. 176.

de Vichy mettait sur le même plan les victimes de la politique raciale et celles de l'épuration, frappées d'indignité nationale (« êtres excommuniés non en raison du mal qu'ils auraient commis eux-mêmes, mais en raison d'un jugement totalitaire frappant la catégorie où le sort les avait inscrits[1] »), ou renvoyait dos à dos la volonté de Pétain d'effacer l'héritage de 1789 et le rejet absolu de Vichy par de Gaulle : « le gouvernement de Gaulle rejoignit au moins en cela le gouvernement Pétain qu'un des buts de son action fut d'éliminer l'influence de ses adversaires et d'effacer de l'histoire les périodes qu'il désapprouvait[2] »...

Ainsi nourri de ce genre de raisonnements viciés, tout le propos aronien se résume à l'idée, aimable et creuse, de « fraternité française » : « À part quelques quarterons de profiteurs et de traîtres, [...] il est dans tous les camps une immense majorité de Français qui

1. *Id.*, *Le Piège où nous a pris l'histoire*, Albin Michel, 1950, p. 46.
2. *Ibid.*, p. 300.

sentent de la même façon, et qui, passées les circonstances, causes de leur division, pourraient se retrouver et s'unir pour reconstruire notre pays[1]. »

Telle est la thèse au cœur de l'*Histoire de Vichy*. Et c'est ce qui explique la rapidité avec laquelle le livre d'Aron, malgré les nuances qu'il contient, a été récupéré par la littérature pétainiste[2], dont s'inspire Zemmour.

Dans ses écrits et sur CNews, l'éditorialiste d'extrême droite est allé, au-delà de l'axiome du « bouclier » et de « l'épée », jusqu'à ressusciter la théorie ridiculement mensongère de la connivence intime Pétain-de Gaulle prisée par les admirateurs les plus crédules du maréchal : « Il y avait Pétain – qui protégeait les Français tout en étant en mèche, de mèche, avec les Américains et les Anglais, parce que ça on le dit jamais, mais vous le savez très bien, il était de mèche avec l'ambassadeur américain, il était

1. *Ibid.*, p. 174.
2. Ainsi par l'amiral Auphan, *Histoire élémentaire de Vichy*, Éditions France-Empire, 1971, 357 p.

de mèche avec les Anglais – et de Gaulle, qui disait "je suis la France combattante et je serai dans le camp des vainqueurs". Une espèce de suprême habileté française[1] ! »

Un précurseur académique de Zemmour : François-Georges Dreyfus (1990)

Contrairement aux vœux de Robert Aron, son *Histoire de Vichy* n'a pas contribué à « apaiser » les esprits. L'écrivain a continué à alimenter le bréviaire pétainiste en publiant entre 1967 et 1975 une *Histoire de l'épuration* dans laquelle il estime à près de 40 000 le nombre des exécutions sommaires de « collabos » autour de la Libération et légitime l'idée reçue d'une épuration sanglante, arbitraire et mesquine que les travaux des spécialistes ont, depuis, très largement démentie[2].

1. « Face à l'info », CNews, 2 avril 2021 (débat avec l'ancien Premier ministre Manuel Valls).
2. Il est désormais établi que le nombre d'exécutions n'a pas dépassé 10 000, dont les trois quarts *avant* la Libération.

Surtout, l'émergence de la « mémoire juive » de la Seconde Guerre mondiale et la prise de conscience de l'ampleur des crimes de la collaboration d'État en matière antisémite, révélée en 1967 par le best-seller oublié de Claude Lévy et Paul Tillard, *La Grande Rafle du Vel d'Hiv* (Robert Laffont), ont contribué à noircir davantage encore l'image de Vichy.

En 1978, le projet (abandonné en 1980) voulu par le président Giscard d'Estaing de départ forcé de 500 000 travailleurs algériens se heurte ainsi à l'opposition de hauts fonctionnaires et politiques proches des idéaux de la Résistance. Au Conseil d'État, on évoque un texte « contraire aux traditions républicaines [...] depuis la Seconde Guerre mondiale ». Et Giscard lui-même de noter en marge d'un compte rendu : « éviter de parler de quotas d'enfants[1] »...

1. Comme l'a révélé Patrick Weil, *La France et ses étrangers. L'aventure d'une politique de l'immigration de 1938 à nos jours*, Gallimard, 1995 [1991], p. 190 et 201. Éric Zemmour affirme à tort (*La France n'a pas dit son dernier mot*, *op. cit.*, p. 333-334) qu'un accord avait été obtenu avec le gouvernement algérien et

De même, en 1985, *Le Figaro Magazine* provoque l'indignation en publiant une Marianne voilée en couverture. Derrière ce « dossier immigration » intitulé « Serons-nous encore français dans 30 ans ? », on trouve Jean Raspail. L'auteur du roman « prophétique » *Le Camp des Saints*[1] explique : « Il existe en effet sur ce problème majeur, sur cette survie de notre identité, sur les déséquilibres irréversibles qui menacent le peuple français et qui menacent aussi l'Occident face aux masses du tiers monde à nos portes et dans nos murs, une véritable conspiration du silence[2]. »

La gauche, des historiens (comme Max Gallo dans *Le Matin*) convoquent immédiatement les « heures sombres de l'histoire », Vichy et sa politique criminelle à l'encontre

---

que Mitterrand se serait empressé d'y renoncer à son arrivée au pouvoir en 1981.

1. Paru en 1973 chez Robert Laffont, ce roman décrit les conséquences fatales pour la civilisation française de l'arrivée soudaine d'un million d'Indiens dans le sud du pays.

2. Jean Raspail, « Serons-nous encore français dans 30 ans ? », *Le Figaro Magazine*, 26 octobre 1985, p. 124.

des juifs. Henri Amouroux, le spécialiste bien connu de la vie des Français sous l'Occupation, a beau monter au créneau pour dénoncer « les fabricants d'amalgame » et défendre Raspail (« Mais pourquoi un romancier, parfois, ne serait-il pas prophète[1] ? »), le mal est fait. Parler du problème de l'immigration, du péril d'une France islamisée, c'est, inévitablement, s'exposer au soupçon d'être un « pétainiste » ou un fomenteur de crime contre l'humanité !

Rien d'étonnant, dans ces conditions, qu'un universitaire partisan de l'alliance entre la droite classique et l'extrême droite, François-Georges Dreyfus (1928-2011), ait entrepris de réécrire l'histoire de Vichy.

Son livre, paru chez Perrin en 1990, reprend le titre de la somme de Robert Aron. Une étude « courageuse » qui, en 1954, « rompait avec le ronronnement bêtifiant national-populaire des historiens manichéistes », affirme l'auteur en

1. Henri Amouroux, « Les fabricants d'amalgame », *Le Figaro Magazine*, 9 novembre 1985, p. 117.

préambule[1]. Le ton est donné. Le contenu est à l'avenant : un peu plus de 800 pages remplies à la hâte, plagiant des passages entiers d'Aron, de Pascal Ory (*Les Collaborateurs*, Seuil, 1976), de Huan et Coutau-Bégarie (*Darlan*, Fayard, 1993), parsemées d'analyses à l'emporte-pièce et comprenant un nombre effarant d'erreurs factuelles.

Ainsi, sur les origines de la politique antijuive de Vichy, Dreyfus absout pour l'essentiel la droite (mis à part les maurrassiens dégénérés de *Je suis partout*), mais pointe l'antisémitisme de gauche, la « xénophobie des vieilles familles israélites » et les origines républicaines de Vichy, en définitive tout à fait excusable : « Dès lors que d'éminents intellectuels de la Résistance dont le rôle va grandissant jusqu'aux années quatre-vingt (et ils ne sont en définitive qu'une poignée) considèrent que les juifs et les francs-maçons ne sont pas automatiquement de bons Français, comment en vouloir

1. François-Georges Dreyfus, *Histoire de Vichy*, Perrin, 1990, p. 11.

au gouvernement de Vichy et à ceux qui le servent[1] ? »

Mais l'ignorance dreyfusienne du sujet est trop grande, le propos trop décousu, pour faire illusion et représenter le moindre danger « révisionniste » – Dreyfus croit d'ailleurs que le régime pétainiste a livré 110 000 juifs aux nazis, et que Laval en avait promis 145 000[2] ! Condamné en 1992 pour « contrefaçon partielle », l'auteur de l'*Histoire de Vichy* pouvait difficilement faire école avec un tel ouvrage, même si – couronnement de sa carrière – il fut élu dans la foulée professeur à la Sorbonne[3]...

Par sa posture, son mode de raisonnement et ses intentions idéologiques, l'universitaire

1. *Ibid.*, p. 298.

2. *Ibid.*, p. 636. Il écrit « 14 500 », mais c'est une coquille corrigée dans l'édition revue et augmentée de 2004. Les travaux de Serge Klarsfeld ont établi à environ 74 150 le nombre de juifs déportés de France (4 000 sont revenus).

3. « Comment les historiens de cette vénérable maison ont pu se commettre de la sorte ! », se désole Rita Thalmann dans une lettre à Léon Poliakov (qui luttait depuis plusieurs années contre l'influence académique de Dreyfus). Papiers privés Poliakov, Massy, sans date [vers 1991].

François-Georges Dreyfus n'en annonce pas moins le polémiste Éric Zemmour :

– L'universitaire, comme le polémiste, est un gaulliste passé à l'extrême droite. Membre du RPF dès 1947, il a été adjoint RPR au maire de Strasbourg tout en devenant membre du Club de l'horloge. Adversaire déclaré du droit du sol (en 1987, il signe avec d'autres universitaires proches du Front national un appel en faveur de la réforme du code de la nationalité), il dénonce la « diabolisation » du FN, en appelle à l'union des droites et échoue sur Radio Courtoisie.

– Dreyfus, comme Zemmour, s'abrite derrière ses origines juives pour justifier une prétendue « objectivité » sur Vichy et Pétain. « Le militant d'extrême droite qui rêvait en direct d'une histoire "révisionniste" de Vichy n'aurait jamais osé espérer que celle-ci fût un jour écrite par un universitaire en place, Juif d'origine, sauvé par un couple de la haine antisémite des nazis [...] – toutes précisions données par l'auteur lui-même », observe l'historien Henry Rousso en 1990[1]. Éric Zemmour, quant à lui, ne cesse de répéter, la main sur le cœur : « C'est pas une question de réhabiliter Pétain, en plus moi, [...] le régime de Vichy m'a enlevé la nationalité française à mes parents. C'est pas moi qui vais défendre le régime de Vichy[2] ! »

– Enfin, le mode de raisonnement et les biais dreyfusiens annoncent ceux de Zemmour. L'universitaire, comme le polémiste après lui, réhabilite, au mépris des nombreuses avancées de la recherche depuis les années 1950, le « courageux » Robert Aron. L'universitaire, comme le polémiste après lui, établit des continuités fallacieuses visant plus ou moins subtilement à dédouaner Vichy, à relativiser sa politique antijuive. « La xénophobie que souligne la loi d'août 1932 sur la protection du travail national s'affirme avec le statut des juifs d'octobre 1940, les juifs étant

1. Henry Rousso, « Quand Vichy est soumis à "révision" », *L'Histoire*, n° 139, décembre 1990, p. 84.
2. « Restons zen », Paris Première, 29 septembre 2021.

de fait assimilés à des étrangers », écrit encore François-Georges Dreyfus en 2010[1]...

Banaliser Vichy pour rendre acceptables des politiques d'exception

Depuis une dizaine d'années, Éric Zemmour ne se contente plus de dresser un constat alarmiste, tel Raspail en 1985, ni d'écrire une histoire à des fins partisanes, tel Dreyfus en 1990. Il a un « programme », un projet politique, exposé, dans ses écrits et à la télévision, avec la froide résolution du doctrinaire : renvoyer chez eux deux millions d'immigrés, déchoir de la nationalité française les criminels et délinquants récidivistes d'origine étrangère, supprimer les prestations sociales pour les étrangers, abolir le droit du sol, interdire le port du voile dans la rue, etc.

1. François-Georges Dreyfus, « Préface », Limore Yagil, *La France, terre de refuge et de désobéissance civile (1936-1944). Exemple du sauvetage des juifs*, t. 1, Cerf, 2010, p. 8.

« Il faut reprendre le pouvoir aux juges », ne cesse de clamer le polémiste d'extrême droite. Autrement dit, se donner les moyens de prendre, contre les immigrés et les Français « indésirables », des mesures énergiques en se libérant des entraves d'une législation protectrice des droits individuels et réprimant le racisme. Inévitablement, un tel programme rappelle le régime pétainiste, de sinistre mémoire.

Ainsi, non seulement Zemmour veut supprimer toutes les « lois mémorielles », mais il souhaite abolir jusqu'à la loi Pleven de 1972, grande loi de consensus républicain s'il en fut, qui, créant le délit d'expression raciste, avait été adoptée à l'unanimité par les deux Chambres au terme de débats d'une « haute tenue[1] ». Or une telle mesure, réclamée depuis 1972 par les seules chapelles de l'extrême

1. Marc Olivier Baruch, *Des lois indignes ? Les historiens, la politique et le droit*, Tallandier, 2013, p. 55. Voir aussi les passionnants développements d'Emmanuel Debono, *Le Racisme dans le prétoire. Antisémitisme, racisme et xénophobie devant la loi*, PUF, 2019, p. 575-595.

droite (Front national, *Minute*, *Rivarol*, etc.), n'aurait qu'un précédent : l'abrogation par Vichy, dès août 1940, de l'ancêtre de la loi Pleven, le décret-loi Marchandeau de 1939…

De même, comment expulser des centaines de milliers d'étrangers sans recourir massivement à l'internement administratif (cet outil des régimes d'exception, à l'image de la loi de Vichy du 4 octobre 1940 qui permettait de placer dans des camps de concentration tout étranger de « race juive » sur simple décision préfectorale) ?

De fait, estime Zemmour, le complexe à l'égard de Vichy est un handicap pour la droite, qui l'empêche de lutter hardiment contre les étrangers et « l'islamisation du pays ». Tel est son raisonnement, qui explique sa hargne contre le discours du président Chirac en 1995 reconnaissant les crimes antisémites de l'État français.

Non seulement, martèle-t-il, cette « repentance » délégitime « la capacité de l'État, consubstantielle de son devoir de protection de son peuple, à distinguer entre les Français et les étrangers[1] », mais elle « pousse les Français et les Occidentaux à se suicider, parce que c'est ça l'objectif : on les rend coupables ; et, pour qu'ils expient, ils sont prêts à détruire leur civilisation. Moi je veux sauver cette civilisation[2] ».

D'où l'importance pour Zemmour de disculper Vichy (« Mais on n'a pas commis de crime ! », ce cri du cœur, lâché lors d'un échange avec Bernard-Henri Lévy au sujet de la politique antijuive de Vichy[3], rappelle celui de Me Isorni, « Messieurs, il n'y a pas eu de crime ! », lors du procès Pétain en 1945[4]) afin de « guérir » la droite française de son complexe historique débilitant.

Éric Zemmour, comme avant lui François-Georges Dreyfus (qui avait critiqué le discours de Chirac de 1995), combine ainsi une rhétorique pro-Vichy, inspirée d'Isorni ou des

1. Éric Zemmour, « Désagrégation française », *Le Figaro*, 9 juillet 2020.
2. « Restons zen », Paris Première, 29 septembre 2021.
3. « Face à l'info », CNews, 26 juin 2020.
4. *Procès du maréchal Pétain*, *op. cit.*, audience du 14 août 1945, p. 369.

partisans de Pierre Laval, et la rhétorique d'inspiration gaulliste (« Si on est gaulliste, on ne considère pas que c'est la France qui a arrêté ces Juifs[1] »).

Or il y a une différence de taille entre prétendre que l'État français n'a commis aucun crime (selon l'argumentaire pétainiste, repris par Zemmour) et considérer que la France – qui était à Londres et non à Vichy, selon la vulgate du gaullisme[2] – n'a rien à voir avec les crimes du régime pétainiste.

Le polémiste crée délibérément la confusion afin de concilier deux positions en vérité antithétiques : la justification de Vichy et l'héritage du général de Gaulle.

D'évidence, sa réécriture de l'histoire de la France des années noires est étroitement liée au mûrissement de ses ambitions politiques visant à unir les droites sous l'étendard du racisme et du rejet des musulmans.

---

1. « Grand rendez-vous », Europe 1, 26 septembre 2021.
2. Ainsi illustrée par François Broche, *Vel' d'Hiv', 16 juillet 1942, où était la France ?* Pierre-Guillaume de Roux, 2018, 198 p.

3.

Le mythe de la « doxa » Paxton

En janvier 1973, paraissait *La France de Vichy* de Robert Paxton. À la suite des travaux pionniers d'Henri Michel et d'Eberhard Jäckel, l'historien américain cernait avec force les contours de la politique du régime de Vichy qui, plus particulièrement en 1941, tendait à la « recherche de la collaboration » dans le but d'implanter une « Révolution nationale » technocratique et antilibérale.

La thèse était puissante ; le style, alerte et engagé. Le livre fit événement. Pendant plusieurs semaines, des intellectuels et d'anciens collaborateurs du maréchal Pétain échangèrent des tribunes passionnées dans la presse.

La France de Vichy s'imposait comme un classique et un succès de librairie[1].

Cette date (janvier 1973) et ce livre constituent pour Éric Zemmour l'un des jalons du déclin de la France depuis 1968. Paxton, écrit-il dans *Le Suicide français*, est « le Michelet de notre temps », un « anti-Michelet » dont le propos consiste à démontrer « la malfaisance absolue du régime de Vichy », par haine de « l'assimilation à la française ». Une haine tout américaine, selon le polémiste, qui vise à culpabiliser les Français et tétanise nos gouvernants, désormais incapables d'endiguer le « flot d'immigrés venus du sud, de crainte d'être accusé d'envoyer les "Juifs" dans les camps d'extermination[2] ».

On connaît le raisonnement zemmourien. Mais l'auteur du *Suicide français* ne se contente pas de cette lecture idéologique de Paxton. Il

---

1. Au début des années 1980, près de 60 000 exemplaires avaient été vendus.
2. Éric Zemmour, *Le Suicide français*, Albin Michel, 2014, p. 88, 93-94.

dispense aussi des leçons d'histoire – et même d'historiographie.

Sous les acclamations de son public[1], qui le juge de taille à défier le célèbre historien, Éric Zemmour affirme, « preuve en main », que Robert Paxton « fait erreur », assure qu'avant *La France de Vichy* « l'historiographie française » était « unanime » à reconnaître le distinguo pétainiste entre juifs français (protégés) et étrangers (sacrifiés)[2], et déplore qu'elle se trouve désormais tout entière soumise à la « doxa paxtonienne » – les rares spécialistes qui « contestent » Paxton se faisant « massacrer[3] ».

Que valent de telles assertions ? Et que disent-elles de Zemmour et de son mode de fonctionnement intellectuel ?

---

1. Conforté par la caution d'intellectuels tels que Michel Onfray, qui loue ainsi Zemmour d'avoir « fait mouliner son intelligence » sur les « travaux » de Paxton… Débat au Palais des congrès de Paris, 4 octobre 2021.

2. É. Zemmour, *La France n'a pas dit son dernier mot*, *op. cit.*, p. 55.

3. « On n'est pas couché », France 2, 4 octobre 2014.

Un précurseur antisémite de Zemmour : Alfred Fabre-Luce (1979)

En fait, la littérature pro-Vichy n'a pas attendu 1973 pour dénoncer la tyrannie de l'« histoire officielle » et déplorer une « recherche ne fonctionnant qu'à sens unique[1] ». Mais il est certain que l'émergence de Robert Paxton, jeune et brillant universitaire américain, a permis de mettre un nom, une nationalité et des arrière-pensées supposément antifrançaises sur une évolution du savoir historique sans doute dérangeante mais en vérité inéluctable.

Ancien ministre de Pétain, l'amiral Auphan s'étrangle à la lecture de *La France de Vichy*, un « pamphlet », écrit-il en mars 1973, visant à « dresser l'opinion américaine contre la France traditionnelle[2] ». Le mythe est né (notons qu'il est l'envers d'un autre mythe : la « vérité » sur Vichy ne pouvait venir que d'un Américain !).

1. Ainsi, en 1971, l'amiral Auphan, *Histoire élémentaire de Vichy*, *op. cit.*, p. 7, 151.
2. *Id.*, « Un pamphlet pour justifier une opinion », *Le Monde*, 22 mars 1973.

Près de quarante ans avant Zemmour, un journaliste d'extrême droite, Alfred Fabre-Luce (1899-1983), le systématise dans un essai intitulé *Pour en finir avec l'antisémitisme* (Julliard, 1979).

Fasciste dans les années 1930, pétainiste et apologiste de l'Europe nouvelle en 1940-42, proche de Raymond Aron (le grand penseur de l'histoire et éditorialiste, à ne pas confondre avec Robert) et plume du *Figaro* dans les années 1960-70, à l'affût de tout événement, Fabre-Luce est un intellectuel au tour d'esprit volontiers pervers. Détenu à Drancy après la Libération comme collaborateur, il n'hésitait pas à comparer son sort à celui des juifs internés sous l'Occupation : « Me voici maintenant tombé au niveau de ces parias – et même un peu plus bas. » En effet, ajoutait-il, les juifs de Drancy disposaient, eux, de réchauds, du chauffage, et n'auraient été que quatre par chambrée[1] !

1. Alfred Fabre-Luce, *Double Prison*, édité par l'auteur, 1946, p. 157-158.

En 1978, il prend conscience d'une évolution des sensibilités sur l'Occupation et Vichy. Cinq ans après l'ouvrage de Paxton, l'affaire Darquier de Pellepoix (provoquée par les propos scandaleux de l'ex-commissaire général aux Questions juives parus dans *L'Express* : « À Auschwitz, on a gazé les poux ») donne une visibilité au combat engagé par Serge Klarsfeld afin de faire juger les hauts fonctionnaires français responsables des rafles de l'été 1942 – « Nous demandons le strict minimum : que l'on juge la politique antijuive de Vichy », déclare alors l'avocat à la presse.

Pour Alfred Fabre-Luce, une telle revendication « juive » est insupportable. Le grand bourgeois imagine avec effroi la perspective d'un procès pour crimes contre l'humanité impliquant l'ancien chef de la police de Vichy René Bousquet (1909-1993), devenu un banquier et un administrateur en vue.

Pour en finir avec l'antisémitisme vise à conjurer un tel scénario. En 1978-1979, parler de « doxa paxtonienne » n'aurait bien sûr eu aucun sens. Les sommes capitales de

Marrus-Paxton (*Vichy et les Juifs*, Calmann-Lévy, 1981) et de Klarsfeld (*Vichy-Auschwitz*, Fayard, 1983-85) paraîtront dans quelques années ; le processus, qui aboutira au discours du président Chirac en 1995 puis au procès Papon (1997-98), n'en est qu'à ses prémices.

Pas de « doxa » donc, mais un « lobby » : « Il s'est formé, à partir de 1973, ce qu'on peut appeler un lobby d'historiens, qui a entrepris de présenter aux Français l'histoire de leurs années de guerre à travers un prisme juif[1]. »

Telle est la grille de lecture, insidieusement antisémite, de Fabre-Luce, qui en appelle à « une révision de l'histoire de l'Occupation ». Car il en est convaincu : « l'Histoire en noir et blanc » que veulent imposer Paxton et Klarsfeld « heurte le sentiment naturel du peuple français[2] ».

Pour endiguer cette « propagande », l'auteur reprend la bonne vieille théorie des

1. A. Fabre-Luce, *Pour en finir avec l'antisémitisme*, *op. cit.*, p. 61.
2. *Ibid.*, p. 134.

« deux cordes » et celle du « moindre mal », reconsidérée par Robert Aron dès 1954 (en acceptant de collaborer à la politique génocidaire des nazis, Vichy s'est livré à un « arrangement » moralement discutable mais « arithmétiquement » salvateur pour les juifs français) puis diffusée dans des revues comme *Historia*[1]. Soit déjà, formulé dans des termes similaires, le poncif zemmourien du « pacte avec le diable ».

Comme plus tard François-Georges Dreyfus ou Éric Zemmour, Alfred Fabre-Luce pointe avec gourmandise l'hostilité suscitée dans l'opinion par les juifs étrangers accapareurs (qui, précise-t-il, étaient honnis par les « israélites » français eux-mêmes), et fait grand cas des mesures xénophobes prises par la Troisième République dans les années 1930, qui annoncent selon lui la politique de déportation.

En bref, explique l'auteur, Vichy n'avait pas d'autre choix que de régler le problème des juifs

1. Ainsi, François de Vivie, « Les terribles marchandages de Laval », *Historia*, hors série 14, 1969, p. 177-186.

étrangers, même si Bousquet, négociant avec les chefs de la police SS, « cherchait évidemment à limiter les persécutions », à « temporiser » et à « sauver les Juifs français ». Ceux-ci, estime Fabre-Luce, sont en quelque sorte les « enfants de Vichy ». Et d'insinuer, non sans perversité, que le « Mémorial de Jérusalem », où chaque « Juste » distingué pour avoir sauvé un juif est symbolisé par un arbre, aurait pu honorer René Bousquet : « On figure dans cette forêt pour avoir sauvé un homme, non pour en avoir sauvé cent mille »... Conclusion : « L'évidence, c'est que le sort des Juifs de France, terrible pour beaucoup d'entre eux, a pourtant été, dans l'ensemble et grâce à Vichy, "relativement clément"[1] ».

Comme l'amiral Auphan avant lui, comme d'autres avocats de Vichy et jusqu'à Zemmour de nos jours, Fabre-Luce se réfère pieusement à « un éminent auteur juif », l'historien Léon Poliakov (1910-1997), qui a publié en 1951

1. A. Fabre-Luce, *Pour en finir avec l'antisémitisme*, *op. cit.*, p. 93, 100-101.

le premier livre sur le génocide des juifs par les nazis (*Bréviaire de la haine*, Calmann-Lévy). Dans cet ouvrage, Poliakov écrit en effet (en ouverture d'une brève section consacrée aux déportations depuis la France) : « Du sort relativement plus clément des Juifs de France, Vichy fut [...] le facteur prépondérant[1]. »

Mais cette affirmation est fortement nuancée pour ne pas dire démentie par tout le reste de l'analyse. Plus tôt dans le *Bréviaire*, au cœur du deuxième chapitre (« Déchaînement »), l'historien s'attarde longuement sur le cas français. Il explique qu'en France l'occupant ménageait l'autorité de Vichy et faisait preuve de plus de retenue qu'à l'Est, afin de ne pas trop heurter l'opinion publique, mais que la politique nazie put à la fois s'appuyer sur le « zèle convaincu » du premier commissaire général aux Questions juives Xavier Vallat, antisémite « à la française » soutenu par Pétain, et sur le cynisme d'un Laval, prêt à donner

---

1. Léon Poliakov, *Bréviaire de la haine (Le IIIe Reich et les Juifs)*, Calmann-Lévy, 1951, p. 201.

le maximum de juifs en échange d'avantages substantiels.

Au bout du compte, conclut-il, les marges de manœuvre dont disposait l'État français ont aggravé le sort des persécutés : « Le concours prêté par Vichy aux Allemands fut essentiel, assurant par l'effet du recensement, du *numerus clausus* et d'autres opérations préalables l'isolement des Juifs au sein de la population française – ce qui est une technique indispensable au génocide – et enlevant de plus aux occupants le souci des opérations policières [...]. De cette complicité délibérée, rien ne pourra jamais laver les Vichyssois[1]. »

Enfin, revenant, dans la conclusion générale de son étude, sur le destin moins dramatique des juifs en Europe occidentale, et plus particulièrement en France, par rapport à ceux de Russie ou de Pologne, Poliakov souligne l'importance de l'aide de la population : « C'est cette attitude, en fin de compte, qui constitue

1. *Ibid.*, p. 58.

la raison essentielle d'une proportion de survivants bien plus considérable[1]. »

Il faut donc un certain aplomb pour tirer le propos du *Bréviaire de la haine* du côté de la thèse du « moindre mal ». Alfred Fabre-Luce a poussé l'indécence jusqu'à adresser son ouvrage au grand historien, en lui écrivant : « J'espère que mes considérations sur le sujet si délicat que j'ai abordé ne heurteront pas votre sensibilité[2]. » L'exemplaire, lu par Léon Poliakov, est parsemé de points d'interrogation...

Dans le contexte de 1979, un tel livre, hypocritement pétainiste et antisémite, ne pouvait guère faire illusion. Tiré à un peu plus de 12 000 exemplaires, il s'est mal vendu, malgré la notoriété de l'auteur et son passage à « Apostrophes » (la fameuse émission de Bernard Pivot) ; l'à-valoir versé n'a pas été couvert[3].

---

1. *Ibid.*, p. 335.
2. Papiers privés Poliakov, Massy, lettre de Fabre-Luce, 30 août 1979. La même formule est reprise dans la lettre qu'il adresse le même jour à Raymond Aron, BNF, NAF 28060 (206).
3. D'après les données conservées par les archives des éditions Julliard.

De fait, c'est de l'extrême droite et d'elle seule qu'est venue la reconnaissance pour Fabre-Luce : adhésions enthousiastes de Me Isorni ou de Jean Madiran (qui en 1943-44 publiait des articles antisémites dans *L'Action Française*) ; lettres de lecteurs déplorant qu'on parle trop des juifs, dénonçant le « terrorisme intellectuel », le « manichéisme » sur Vichy[1]...

Aux sources de Paxton : Poliakov, Billig et l'école du Centre de documentation juive contemporaine

Historien pionnier du Troisième Reich et de l'antisémitisme, Léon Poliakov, on le sait moins, a également beaucoup œuvré pour l'émergence d'un savoir scientifique sur Vichy et la persécution des juifs. Dès 1945, cet ancien journaliste et résistant travaille pour le Centre de documentation juive contemporaine. Fondé

1. Archives nationales, 472AP 5, fonds Fabre-Luce, correspondance reçue en septembre-octobre 1979.

dans la clandestinité par Isaac Schneersohn, le CDJC se propose, indique le *Journal officiel* du 25 juin 1945, d'« aider à établir l'histoire des quatre années de guerre et d'occupation subies par la population israélite sur le sol de France ».

Bombardé chef du service de Recherches du CDJC, Poliakov frappe à toutes les portes. Au ministère de l'Intérieur, il obtient un premier succès : on lui désigne une caisse contenant les archives du « service juif » de la Gestapo à Paris. Grâce à l'entregent de Schneersohn, il accède aussi à une large partie des papiers de l'ex-commissariat général aux Questions juives. « Plusieurs mois durant », jusqu'à l'été 1946, Léon Poliakov et une poignée de collaborateurs dépouillent des « tonnes de dossiers[1] ». Plusieurs milliers de documents sont retenus, précisément inventoriés, reproduits et classés dans environ 70 cartons d'archives. C'est peu en quantité (l'ensemble consulté représente

1. Léon Poliakov, « Sur les traces du crime », *Le Monde Juif*, nº 21, juillet 1949, p. 9.

près de 1 000 cartons) mais exceptionnel en qualité : un véritable échantillon reflétant la variété de l'activité du commissariat dans le domaine de la spoliation des biens, de l'« aryanisation » des professions, de la propagande antisémite ou de la répression policière.

Toujours grâce à Léon Poliakov (et via son beau-frère Jacques Rabinovitch, juriste et résistant de haute volée), le CDJC est mis en contact avec Edgar Faure qui représente, avec François de Menthon, le gouvernement français auprès du Tribunal militaire international de Nuremberg. L'accusation française tire grand profit des archives de la Gestapo retrouvées par Poliakov. En retour, le CDJC obtient ses entrées à Nuremberg. À l'été 1947, le chef du service de Recherches se rend sur place avec son meilleur collaborateur, Joseph Billig.

Né en 1901, Billig est, comme presque tous les employés du Centre de documentation juive contemporaine, un intellectuel déclassé d'origine russe. Fils d'un célèbre avocat exilé en Allemagne, docteur en philosophie, mathématicien, parlant couramment cinq langues, cet « esprit supérieur[1] » s'est réfugié en France peu avant l'arrivée au pouvoir des nazis. Engagé volontaire en 1939, prisonnier de guerre, il a passé toute sa captivité en Allemagne. À son retour, il apprend la mort de sa mère, raflée à Boulogne le 19 mars 1943 et déportée à Auschwitz. C'est d'ailleurs la quête d'information à son sujet qui l'a mené vers le CDJC.

Recruté en juin 1946 comme « secrétaire-archiviste », naturalisé français, Billig trouve sa vocation à Nuremberg. Durant près de deux ans, il reste à demeure, dans un petit bureau du tribunal militaire américain, et fait « la chasse aux documents[2] ». Il expédie, par dizaines de kilos, des copies de pièces sur le génocide des juifs ou la collaboration économique de Vichy avec l'occupant – il obtient même pour le CDJC les archives originales

1. Selon le souvenir d'un compagnon de captivité, Henri Lévy (entretien, juillet 2006).
2. Mémorial de la Shoah / CDJC, carton « correspondance Nuremberg », lettre de Billig à Schneersohn, 27 octobre 1947.

du *Reichsleiter* Rosenberg, qui n'intéressent personne. Il s'affirme comme « un chercheur effréné, infiniment dévoué à sa tâche », se félicite Léon Poliakov[1].

À son retour en France, il obtient, grâce à Poliakov (décidément sur tous les fronts et très désireux de faire rayonner les travaux du CDJC au-delà de la communauté juive), un demi-poste financé par le CNRS qui, combiné avec son demi-poste chichement rémunéré par Schneersohn, lui permet de consacrer tout son temps à la recherche.

En 1960, lorsque Joseph Billig met la dernière main au troisième tome de son œuvre maîtresse consacrée à l'histoire du commissariat général aux Questions juives de Vichy, cela fait donc treize ans qu'il est plongé dans les archives de l'État français et du Troisième Reich. Son expertise est absolument unique.

Dans l'importante conclusion générale du *Commissariat Général aux Questions Juives*,

1. Mémorial de la Shoah / CDJC, MDXXXVI-1.4(19), lettre à Joshua Starr, 7 octobre 1948.

Billig centre sa réflexion sur la problématique de la collaboration dont le CGQJ lui apparaît comme « l'instrument par excellence[1] ». Montrant, à travers la politique antisémite, que la collaboration fut recherchée par un État français persuadé de la victoire de l'Allemagne, il en démonte les ressorts (l'empressement puis les hésitations et les reculades). Pour expliquer la participation de Vichy au génocide, il insiste par ailleurs sur l'antisémitisme ordinaire, l'esprit de routine et la lâcheté des responsables de la police française et de Laval (ainsi pour les enfants, que l'on livre aux Allemands par facilité, pour se débarrasser d'une « charge »). Il démontre enfin que l'État français aurait pu dire « non » en 1942 : l'occupant n'avait aucun moyen véritable de rétorsion et ses effectifs policiers étaient insuffisants pour agir seul contre les juifs.

L'analyse, limpide, extrêmement bien documentée, tranche avec le caractère flottant et

1. Joseph Billig, *Le Commissariat Général aux Questions Juives (1941-1944)*, t. III, Éditions du Centre, 1960, p. 152.

anecdotique de l'*Histoire de Vichy* de Robert Aron – dont Billig a sévèrement rendu compte dans la revue du CDJC[1]. Elle annonce les premières grandes études sur Vichy d'Henri Michel (*Vichy, année 1940*, Robert Laffont, 1966) et d'Eberhard Jäckel (*La France dans l'Europe de Hitler*, Fayard, 1968).

Ainsi, lorsque Robert Paxton s'attèle à la rédaction de *Vichy France : Old Guard and New Order*, il peut s'appuyer sur ces premiers acquis de la recherche. Et si, dans la conclusion de son ouvrage, l'historien s'attarde sur la politique antisémite, « la plus grande honte du régime de Vichy », pour démolir « la théorie du "bouclier"[2] », ce n'est pas seulement pour des raisons morales, mais aussi parce qu'il peut se fonder sur un savoir solidement étayé par l'œuvre pionnière de Joseph Billig.

1. *Le Monde Juif*, n° 2-3 (69-70), septembre 1955, p. 37-38.
2. Robert O. Paxton, *La France de Vichy, 1940-1944*, traduit de l'américain par Claude Bertrand, Seuil, 1973, p. 171 et 345.

Une guerre idéologique contre le travail historique

Ignorant cette réalité du travail historique, Éric Zemmour écrit et répète que l'Américain Paxton a, en somme, circonvenu une historiographie jusque-là dominée par la théorie bienfaisante du « moindre mal ».

Ce mythe de la « doxa paxtonienne », en germe chez Alfred Fabre-Luce, Zemmour n'en est pas l'inventeur. Dans *Le Suicide français*, le polémiste s'abrite derrière l'autorité d'un rabbin vivant en Israël, Alain Michel, auteur de *Vichy et la Shoah* (CLD Éditions, 2012). Inspiré par le gendre de Pierre Laval, Michel n'hésite pas à manipuler les statistiques de la déportation et à détourner des citations de Poliakov ou de Billig pour tenter de mettre à bas la « doxa » et de prouver que Vichy a sauvé les juifs français[1].

---

1. Voir mon décryptage, « *L'État contre les Juifs*. Réponse de l'auteur à son contradicteur Alain Michel », https://www.herodote.net/Reponse_de_l_auteur_a_son_contradicteur_Alain_Michel-article-1756.php

Cet enrobage « scientifique » de la défense de Laval[1] a suscité la consternation chez les spécialistes. Mais il est une aubaine pour Éric Zemmour, qui enlumine Alain Michel dans une présentation résolument chimérique : un historien libre et honnête, planant au-dessus du marais universitaire et des contingences nationales (son sionisme lui permet cependant, loue-t-il, de saisir « les contraintes de la raison d'État »), qui inflige, « avec une rare délicatesse » mais aussi « une audace inouïe, presque suicidaire », « un démenti cinglant » à Paxton[2]...

Depuis 2018, avec *Destin français* (son histoire de France, de Clovis à de Gaulle, racontée au prisme du péril islamique), le polémiste ne ressent plus le besoin de se réfugier derrière

1. Que l'auteur de *Vichy et la Shoah* cherche manifestement à réhabiliter, au point de ne critiquer Zemmour que sur un point : « Sa seule erreur tient dans sa présentation du sujet. Quand il dit : "Pétain a sauvé les juifs de France", c'est inexact. Ce n'est pas Pétain, c'est Laval, aidé par Bousquet » ! Stéphane Amar, « Alain Michel : "Vichy désirait protéger tous les Français, dont les Juifs" », *Causeur*, novembre 2021, p. 59.
2. É. Zemmour, *Le Suicide français*, *op. cit.*, p. 91-92.

Alain Michel. Cette fois, clame-t-il autour de lui, il a fait « un travail d'historien », un livre de « référence » – « J'ai été chercher aux sources ! », affirme-t-il, sûr de lui[1].

Bref, le voici armé pour affronter, seul, Paxton et les historiens « aux ordres ».

Ainsi, sur le point décisif des origines de la politique antijuive de Vichy et des lois d'octobre 1940, Zemmour écrit : « Nos historiens contemporains estiment que Vichy a pris ces mesures antijuives de son propre chef, sans aucune pression de l'occupant. Mais personne ne relève que »… Et notre « historien » de citer les carnets du ministre des Affaires étrangères de Pétain, Paul Baudouin, à la date du 10 septembre 1940, faisant état d'une forte pression allemande[2].

Découverte décisive, pied de nez aux « historiens contemporains », pourra croire le lecteur non averti. En vérité, cette partie du témoignage de Baudouin est citée et analysée

---

1. Étienne Girard, *Le Radicalisé*, Seuil, 2021, p. 179.
2. É. Zemmour, *Destin français*, *op. cit.*, p. 528.

dans plusieurs ouvrages et articles (dont *Vichy dans la « solution finale »*, que j'ai publié chez Grasset en 2006). Éric Zemmour ignore que les spécialistes, s'ils soulignent la « pression de l'occupant », montrent qu'elle ne suffit pas à expliquer pourquoi Vichy a été amené à légiférer contre les juifs : le statut d'octobre 1940 relève bel et bien d'un choix politique, répondant à la fois à une dynamique antisémite propre et à la volonté de certains ministres de s'aligner sur le vainqueur.

Faisant fi de cette complexité historique, Zemmour peut affirmer : « L'erreur de Paxton et l'erreur générale d'aujourd'hui, c'est de penser qu'il y a un lien entre les lois antisémites d'octobre 1940 [...] et la solution finale, et l'extermination des Juifs. Or c'est faux[1]. »

---

1. « Les Terriens du dimanche », C8, 16 septembre 2018. Cette émission avait fait scandale à la suite de la diffusion des propos racistes tenus par le polémiste d'extrême droite contre l'une des chroniqueuses, Hapsatou Sy, fustigée du fait de son prénom étranger : « Votre mère a eu tort [...], Corinne ça vous irait mieux [...]. Votre prénom [...] est une insulte à la France. La France n'est pas une terre vierge. C'est une terre avec une histoire, avec un passé. »

En 1940, on ignore bien sûr ce qui se passera en 1942, mais les nazis ont, très tôt, annoncé leur intention de « libérer l'Europe des juifs ». Au minimum, on sait à Vichy que des expulsions massives auront lieu, vers la Pologne ou la Sibérie.

En octobre 1940, en parallèle du statut, l'État français a adopté une loi permettant aux préfets d'interner les étrangers de « race juive » en zone libre – à la fin de l'année, plus de 30 000 sont concentrés dans des camps. Et cette mesure de Vichy offre à l'occupant la base légale pour initier une première rafle contre les juifs apatrides à Paris en mai 1941 – première étape de la mise en œuvre de la « solution finale » en France…

Nier tout lien entre la législation pétainiste d'octobre 1940 et la politique génocidaire des nazis n'a donc aucun sens. On le sait depuis Poliakov et Billig. Mais cette négation outrancière est typique du mode de raisonnement de Zemmour, simpliste, péremptoire et faussement érudit.

Obsédé par Robert Paxton, le polémiste d'extrême droite est, de même, incapable de comprendre la portée de la principale critique qui a été faite à l'historien américain après *La France de Vichy* et surtout *Vichy et les Juifs*, cosigné avec Michaël Marrus (1981).

Dès 1983, dans *Vichy-Auschwitz*, Serge Klarsfeld reproche aux deux chercheurs de mettre le ralentissement soudain des déportations raciales depuis la France en septembre 1942 sur le compte de complications ferroviaires. « Marrus et Paxton n'ont pas vu ou voulu voir ce qui s'est réellement passé », fulmine Klarsfeld : ce qui a entravé la « solution finale » en France, c'est la prise en compte, par Heinrich Himmler lui-même, de l'émotion de l'opinion française, relayée par les protestations de plusieurs évêques, à la suite des rafles de l'été 1942[1]. Le deuxième volume de *Vichy-Auschwitz*, paru en 1985, se conclut

1. Serge Klarsfeld, *Vichy-Auschwitz. Le rôle de Vichy dans la solution finale de la question juive en France. 1942*, Fayard, 1983, p. 9.

par le paragraphe suivant, dont les termes ont été soigneusement pesés :

> Les Juifs de France garderont toujours en mémoire que, si le régime de Vichy [...] s'est déshonoré en contribuant efficacement à la perte d'un quart de la population juive de ce pays, les trois quarts restants doivent essentiellement leur survie à la sympathie sincère de l'ensemble des Français, ainsi qu'à leur solidarité agissante à partir du moment où ils comprirent que les familles juives tombées entre les mains des Allemands étaient vouées à la mort[1].

Pour Zemmour, cette analyse parachève « la doxa paxtonienne », et elle est, tranche-t-il, « matériellement impossible[2] » : si autant de juifs ont pu survivre, cela ne peut pas être grâce à la « solidarité agissante » de la population mais grâce à la politique de Vichy, qui a limité les dégâts en protégeant les juifs français !

---

1. *Id.*, *Vichy-Auschwitz. Le rôle de Vichy dans la solution finale de la question juive en France. 1943-1944*, Fayard, 1985, p. 191.
2. É. Zemmour, *Le Suicide français*, *op. cit.*, p. 89, 385.

Le polémiste ignore ainsi ou fait semblant d'ignorer ce qui fonde la démonstration de Klarsfeld, à savoir la prise en compte par les nazis du facteur de l'opinion publique et leur souci de ménager la position du président Laval. C'est que la France ne constituait pas, aux yeux des dirigeants du Troisième Reich, un terrain prioritaire pour la « solution finale », ce qui explique qu'il y ait été plus facile qu'ailleurs de sauver des juifs. En France, où nul n'ignorait qu'un débarquement allié aurait très certainement lieu, l'occupant donnait la priorité aux impératifs sécuritaires : stabilité du pays, maintien de l'ordre, lutte contre la résistance armée et le communisme...

Ainsi, si près de 75 % des juifs de France ont échappé à la mort, ce n'est pas grâce à l'action des dirigeants de Vichy (dont les décisions terribles prises à l'été 1942 ont entraîné la déportation de près de 25 000 juifs, pour l'essentiel apatrides, en quelques semaines), mais à une série de facteurs que les travaux des spécialistes ont patiemment mis en lumière depuis une trentaine d'années.

Désireux de revenir à la France de son enfance, où l'on lisait Robert Aron et les classeurs rouges d'*Historia*, Éric Zemmour est parti en guerre idéologique contre cette évolution du savoir historique – forcément nocive puisque ce savoir s'est imposé dans le grand public après 1968 et la « révolution Paxton ». À cette fin, il est prêt à toutes les déformations.

Prenons l'exemple d'une référence prestigieuse que le polémiste convoque dans son dernier livre.

« Jamais, jamais, on ne pourra passer l'éponge sur la responsabilité des dirigeants de Vichy qui ont prêté main forte à la "solution finale" », note Simone Veil dans ses mémoires parus en 2007. Elle précise que son jugement du rôle de la police française lors de la grande rafle du Vel d'Hiv est cependant moins sévère qu'il ne l'était dans les années 1970-80 (beaucoup de policiers, a-t-elle appris, ont prévenu, évité d'arrêter des victimes, etc.) et elle souligne le « comportement exemplaire » de « nombre de Français[1] ». Rendant « hommage » à l'ancienne ministre, Éric Zemmour, muni de ses habituels verres déformants, écrit : « Son regard sur Vichy ne se fondait pas dans la doxa imposée par l'historien Robert Paxton. Elle avait écrit dans ses mémoires des phrases très éloignées de l'accusation unilatérale qui avait été dictée par la novlangue contemporaine[2]. »

Au contraire, et c'est frappant, le « regard » de Simone Veil sur les crimes de Vichy, l'action protectrice de certains serviteurs de l'État et le rôle dans l'ensemble salvateur de la population se fond parfaitement dans les acquis de la recherche depuis les années 1950-60…

*

Robert Aron, on le sait, défendait la thèse d'un régime de Vichy au bilan « matériel » relativement positif mais au bilan « moral »

1. Simone Veil, *Une vie*, Stock, 2007, p. 53-54.
2. É. Zemmour, *La France n'a pas dit son dernier mot, op. cit.*, p. 240.

globalement négatif. Dans l'ensemble, les Français, dont les juifs, ont été protégés, mais, moralement, les dirigeants pétainistes (et Pierre Laval en particulier) se sont compromis. Telle était la ligne, « équilibrée », que l'auteur, hanté par la réconciliation des Français, essayait de tenir dans son *Histoire de Vichy*.

Dès les années 1960-70 les travaux de Joseph Billig, d'Henri Michel puis de Robert Paxton ont fortement contesté voire réduit à néant cette lecture – tout simplement fausse sur le chapitre précis de la persécution des juifs.

Si l'interprétation aronienne a permis de légitimer les théories pétainistes des « deux cordes » et du « moindre mal », l'influence qu'elle continue d'exercer de nos jours est le fait d'auteurs généralement soucieux d'intégrer le savoir accumulé depuis les années 1960-70 et les perceptions nouvelles qu'il a contribué à façonner.

« Sans la participation de la police, le nombre de victimes aurait-il été moindre ? Nul ne le saura jamais. Mais au moins l'honneur aurait été sauf », écrit ainsi le journaliste Jean Sévillia dans *Historiquement correct* (2003). Ce jugement classiquement aronien est complété par une appréciation plus critique de l'antisémitisme d'exclusion de Vichy, qui « se trouve rattrapé, dépassé et objectivement associé à l'antisémitisme exterminateur des nazis[1] ».

Malgré quelques piques adressées à Paxton, certaines erreurs factuelles et une faiblesse pour les théories biaisées incriminant la Troisième République, Sévillia reste dans le monde réel des faits et du débat historique. C'était également le cas d'Henri Amouroux, autre journaliste-historien prisé par le lectorat du *Figaro*, avant lui.

L'insolite chez Zemmour est qu'il ne se contente pas d'assurer que c'est grâce à la politique de Vichy que 75 % des juifs de France (et, surtout, insiste-t-il, 90 % des juifs français) ont survécu, et que cette politique doit par conséquent être tenue pour positive sur

1. Jean Sévillia, *Historiquement correct. Pour en finir avec le passé unique*, Perrin, 2003, p. 333 et 368.

le plan comptable ; il ajoute qu'elle était la bonne sur le plan des principes, qu'elle relève des « contraintes de la raison d'État ».

Outre la double supercherie, sur les faits et sur leur interprétation, il y a là un cynisme que même un Fabre-Luce, tout à sa défense perverse de Vichy et de Bousquet, ne se permettait pas.

La raison d'État primant sur tout, on comprend où le doctrinaire d'extrême droite veut en venir en réécrivant ainsi l'histoire de Vichy : à la justification de son projet politique xénophobe et antimusulman. Comme si cette projection obsessionnelle autorisait toutes les falsifications.

4.

Des falsifications systématiques

Une cinquantaine de pages dans *Mélancolie française*, une quarantaine dans *Destin français* : indéniablement, la figure du maréchal Pétain et celle du général de Gaulle passionnent Éric Zemmour. Mais sa lectrice, son lecteur ont intérêt à avoir de solides repères historiques. Le polémiste excelle en effet dans l'art de l'aphorisme paradoxal, du raccourci déroutant, de l'anecdote qui embrouille. Les mots mêmes, les notions communément admises perdent tout sens, et l'on demeure interdit devant ce type de formule : « Pétain comme de Gaulle jouent double jeu[1]. »

Toute la méthode de Zemmour est là :

1. É. Zemmour, *Destin français*, *op. cit.*, p. 514.

prendre un fait réel et le déformer, souvent à partir d'un aspect secondaire (voire invisible pour un esprit autre que le sien) de ce même fait, pour arriver à lui faire dire autre chose ou pour proférer une généralité sidérante.

Je me limiterai ici à une poignée d'exemples révélateurs de ses procédés qui visent à donner un air de nouveauté triomphante aux vieilles théories pétainistes et à banaliser la politique antijuive de Vichy.

Armistice et « polonisation »

Afin de justifier la livraison par l'État français de dizaines de milliers de juifs aux nazis, Éric Zemmour invoque la puissance sans limite du vainqueur (qui, assure-t-il, a « le droit de vie et de mort » sur la population occupée) et les obligations nées de la convention d'armistice : « Ça ne vous a pas échappé que la France avait perdu la guerre et que nous étions obligés de fournir la police française[1]. »

Dans son dernier livre, il fabrique une anecdote censée marquer les esprits : « Quand Papon [lors de son procès en 1997-98] rappela que l'article 3 de la convention d'armistice signée par la France avec son vainqueur prévoyait que la police française pouvait être réquisitionnée à tout moment par les autorités allemandes, le public de l'audience tomba des nues[2]. »

L'article 3 de la convention d'armistice signée entre la France et l'Allemagne le 22 juin 1940 précise en effet que le Reich vainqueur « exerce tous les droits de la puissance occupante ». Mais ces droits (et les juristes de l'administration allemande à Paris le savent très bien) sont bornés par la convention de La Haye (1907). L'occupant peut édicter des règlements et imposer toute réquisition

1. « Grand rendez-vous », Europe 1, 26 septembre 2021.
2. É. Zemmour, *La France n'a pas dit son dernier mot*, *op. cit.*, p. 59-60.

nécessitée par les besoins de son armée. Mais il lui est interdit de se livrer à des pillages et il est tenu de respecter « les droits de la famille, la vie des individus et la propriété privée, ainsi que les convictions religieuses et l'exercice des cultes ».

En France, où les chefs de l'administration allemande estiment qu'il faut faire preuve de doigté – la France n'est pas la Pologne ! –, l'occupant avance prudemment en 1940.

C'est ainsi qu'il allègue un prétexte sécuritaire et tente d'attirer Vichy dans le piège de la collaboration quand il initie ses premières mesures contre les juifs et leurs biens en septembre-octobre[1].

C'est ainsi, également, qu'il doit attendre mai 1941 pour instituer ouvertement la spoliation des juifs en zone occupée.

C'est ainsi, surtout, qu'il lui faut obtenir du gouvernement de Vichy (alors plus désireux

1. Voir Tal Bruttmann, *Au bureau des Affaires juives. L'administration française et l'application de la législation antisémite (1940-1944)*, La Découverte, 2006, p. 40-42.

que jamais de collaborer) la création d'un commissariat général aux Questions juives (mars 1941) afin d'accélérer la mise au ban des juifs.

C'est ainsi, enfin, qu'il est contraint de ruser pour réaliser la première rafle de juifs, à Paris, le 14 mai 1941 : la base légale (le prétexte) est la loi de Vichy du 4 octobre 1940 qui permet aux préfets d'interner les étrangers de « race juive ». L'occupant pousse le vice jusqu'à imposer à la presse parisienne de présenter l'opération comme 100 % française !

On le voit, la réalité de l'Occupation est loin des simplismes zemmouriens. L'argument de la nécessité, du « il n'y avait pas le choix », de « l'armistice obligeait à », est un mensonge, une justification d'après-coup des dirigeants de Vichy.

Ainsi, l'exigence allemande de juin 1942 – arrêter brutalement des dizaines de milliers d'hommes, de femmes, d'enfants juifs, pour les envoyer, on ne sait où, dans des wagons plombés – outrepassait incontestablement les termes de la convention d'armistice et de toute la réglementation internationale en vigueur. S'y opposer était possible. Mais le gouvernement Laval-Pétain, à l'été 1942, pensait encore que l'Allemagne gagnerait la guerre, il croyait toujours aux bienfaits de la collaboration et, surtout, il avait sa propre politique antisémite : se débarrasser du maximum de juifs étrangers.

Résultat : du 17 juillet au 11 novembre 1942, en moins de quatre mois, près de 37 000 juifs, pour l'essentiel apatrides, ont été déportés à Auschwitz. Bilan effarant en regard de qui se passe lorsque la machine de la collaboration d'État cesse de tourner à plein régime : après novembre 1942, quand la France se retrouve dans la situation d'un pays entièrement occupé, sans l'interface d'un gouvernement semi-souverain jouant à fond le jeu de l'insertion dans l'Europe nazie, il y a deux à trois fois moins de déportés…

Dans *Destin français*, reprenant une légende pétainiste, Éric Zemmour écrit qu'en août 1943, le maréchal refusa de ratifier le décret de dénaturalisation collective des juifs devenus français depuis 1927 signé par Laval et que, « dans la foulée, il interdit désormais que la police française participe aux arrestations[1] ».

En vérité, c'est Pierre Laval lui-même qui, tenant compte de l'évolution de la guerre (la chute de Mussolini en Italie, l'impasse militaire du Troisième Reich, etc.), renonça à cette vaste dénaturalisation. Pour autant, la traque des juifs fut, jusqu'au bout, avant tout le fait de la police française (et non des SS et de la Milice, comme le croit Zemmour), et Vichy continua ponctuellement à se soumettre aux ordres nazis, comme en janvier 1944 à Bordeaux, où plusieurs centaines de juifs français furent raflés par la police aux ordres de Papon.

Si, durant la dernière année de l'Occupation, les nazis n'ont mis la main « que » sur 20 000 victimes, c'est essentiellement en raison des faibles moyens policiers alloués par Berlin (qui refuse en 1943 d'envoyer les 250 policiers spécialisés dans la traque des juifs réclamés par le « service juif » de la Gestapo à Paris !), du zèle fléchissant voire de la désobéissance

1. É. Zemmour, *Destin français*, *op. cit.*, p. 531.

grandissante dans les rangs de la police française, et de l'efficacité des réseaux de sauvetage, qui ont pu se déployer à travers tout le pays.

La « polonisation » du pays après 1943 et le « rôle protecteur[1] » de Vichy qu'évoque Zemmour relèvent du mythe.

Sources tronquées ou manipulées

Vérifier les rares références citées par l'essayiste-« historien » amène invariablement à constater des biais de lecture ou des occultations délibérées.

« De Gaulle n'évoquera pas le sort des juifs dans ses *Mémoires de guerre* [...]. Au procès Pétain, personne ne lui reprocha [...] la livraison des juifs étrangers », assure ainsi Éric Zemmour[2].

En fait, dans *L'Appel*, le chef de la France libre flétrit les « basses persécutions » du Vichy

1. É. Zemmour, *Destin français*, *op. cit.*, p. 532.
2. *Ibid.*, p. 531.

de 1940[1], et, à trois reprises dans *L'Unité*, à chaque fois qu'il évoque la politique intérieure du régime pétainiste, en 1942, 1943 et 1944, il pointe les « honteuses horreurs de la persécution juive[2] ».

Quant au procès Pétain, la livraison des juifs étrangers fut évoquée par une douzaine de témoins, notamment par Pierre Laval, poussé dans ses retranchements à ce sujet. Dans son réquisitoire, le procureur général Mornet insista sur le bilan de la déportation, plus particulièrement celle des juifs, ce qui lui permit d'assener le coup de grâce (« Je me demande, en vérité, comment la situation des Français eût pu être pire[3] ») et, on l'a vu, obligea la défense du maréchal à déployer la rhétorique du « moindre mal » (sacrifier les juifs étrangers pour sauver les français).

---

1. Charles de Gaulle, *Mémoires de guerre*, t. 1, *L'Appel, 1940-1942*, Plon, 1954, p. 226.
2. *Id.*, *Mémoires de guerre*, t. 2, *L'Unité, 1942-1944*, Plon, 1956, p. 37, 89 et 170.
3. *Procès du maréchal Pétain*, *op. cit.*, audience du 11 août 1945, p. 336.

À la fin du chapitre sur de Gaulle dans *Destin français*, Zemmour cite un propos du général sur Léon Blum qui, tel qu'il est présenté, ne peut être compris que comme une attaque antisémite. L'idée est claire : montrer que de Gaulle était, en somme, aussi antisémite que les hommes de Vichy…

Si l'on se reporte au témoignage dont est issue cette citation (« Voyez-vous, Blum est un homme qui n'a jamais pu poursuivre aucune fin nationale, s'appliquant en tout à demeurer étranger à la France[1] »), il ne peut y avoir aucun doute : de Gaulle ne se prive pas de critiquer Léon Blum, mais jamais la moindre allusion antisémite n'affleure dans ses propos. Pour de Gaulle, Blum est étranger aux intérêts du pays par son internationalisme indécrottable, son socialisme, et parce qu'il est un « esprit faux ». Mais il rend hommage à son désintéressement et à sa probité.

1. Claude Guy, *En écoutant de Gaulle. Journal 1946-1949*, Grasset, 1996, entrée du 12 février 1948, p. 395.

C'est ainsi, par ce type de manipulation historique, que Zemmour tente de mettre Pétain et de Gaulle sur le même pavois.

Mais le pire n'est pas là.

Au sujet des rafles et déportations de juifs étrangers à l'été 1942, Éric Zemmour laisse entendre, dans *Destin français*, que les juifs français n'avaient rien contre se débarrasser de ces immigrés indésirables. Pour l'illustrer, il cite les propos déplaisants de Jacques Helbronner (1873-1943), président du Consistoire sous l'Occupation : « Fin 1941, devant l'abbé Glosberg [*sic* : Glasberg] et le père Chaillet qui organisent la protection et le sauvetage des Juifs étrangers réfugiés, il dissuade le cardinal Gerbier [*sic* : Gerlier] d'intervenir en faveur de ces derniers internés dans des camps de transit : "[...] Il ne faut pas que le cardinal intervienne en faveur d'étrangers. Cela ne peut qu'aggraver notre situation"[1]. »

Tout est tordu dans ce passage. D'une part, Zemmour se réfère (sans le citer) à un

1. É. Zemmour, *Destin français*, *op. cit.*, p. 532.

témoignage postérieur (trente-cinq ans après les faits) de Glasberg, rapporté à l'oral lors d'un colloque[1]. En outre, à supposer qu'elles aient été prononcées, ces paroles d'Helbronner n'ont pas été tenues devant l'abbé, mais devant le seul cardinal Gerlier, qui les aura répétées. On peut donc émettre quelques doutes sinon sur leur authenticité du moins sur leur exactitude. Enfin, l'époque à laquelle cet entretien est censé avoir eu lieu se situe à la fin de 1940, et non à la fin de 1941. Il n'est pas alors question de « sauvetage », ni de camp de « transit »...

À cette période, meurtri par le statut des juifs d'octobre 1940, Helbronner tentait de convaincre le maréchal Pétain (qu'il connaissait depuis la Première Guerre mondiale) de restreindre la politique antijuive aux étrangers. C'était certes une proposition égoïste, assez indigne peut-être, mais qui ne fait pas

1. Xavier de Montclos (dir.), *Églises et chrétiens dans la IIe guerre mondiale*, t. 1, *La Région Rhône-Alpes*, actes du Colloque tenu à Grenoble du 7 au 9 octobre 1976, Presses universitaires de Lyon, 1978, p. 203.

de l'intéressé un « israélite » susceptible d'approuver la politique de Vichy à l'égard des juifs étrangers, comme le suggère l'auteur de *Destin français.*

Du reste, le fait est que le Consistoire, présidé par Helbronner, a protesté, dans une lettre lucide et forte adressée à Laval, contre la grande rafle qui, le 26 août 1942, devait viser les juifs apatrides de zone libre : « Le Consistoire Central ne peut avoir aucun doute sur le sort final qui attend les déportés, après qu'ils auront subi un affreux martyre [...]. Il a été établi par des informations précises et concordantes que plusieurs centaines de milliers d'Israélites ont été massacrés en Europe Orientale[1]. »

1. Mémorial de la Shoah / CDJC, CCXIII-15001, lettre du Consistoire central israélite à Pierre Laval, 25 août 1942.

Une « première rafle du Vel d'Hiv » ignorée de tous ?

Dans *Destin français*, Éric Zemmour n'hésite pas à flirter avec une limite dangereuse, celle qui sépare le banal argumentaire vichyste, qu'il reprenait déjà à son compte dans *Le Suicide français* (Vichy a livré les juifs étrangers aux nazis à l'été 1942 afin de sauver les juifs français), de la rhétorique « révisionniste ».

Tout à son bonheur de faire la leçon aux « historiens contemporains », le polémiste exhume ainsi une « première rafle du Vel d'Hiv » qui aurait eu lieu sous la République en mai 1940 et que « tout le monde ignore ou veut ignorer[1] ».

En vérité, tous les travaux sur les camps d'internement (ainsi les ouvrages de référence de Denis Peschanski et d'Anne Grynberg) mentionnent l'arrestation de ressortissantes allemandes, juives pour la plupart, le 15 mai 1940. Il ne s'agit donc pas d'un point occulté par la recherche historique.

1. É. Zemmour, *Destin français*, *op. cit.*, p. 529.

Mais Zemmour joue de l'image attachée aux horreurs du Vel d'Hiv (les femmes et enfants enfermés plusieurs jours sous la verrière sans soin ni nourriture) pour laisser entendre qu'en somme l'État français de Philippe Pétain n'a pas fait pire que la République de Paul Reynaud. Or, dans le cas de l'internement de « ressortissants allemands » en mai 1940, il ne s'agissait évidemment pas de déporter et de tuer les victimes, mais de concentrer des populations « ennemies » (comme le faisait dans le même temps la Grande-Bretagne). Les femmes avec des enfants de moins de seize ans ou dont les enfants étaient français, de même que les personnes malades, n'étaient pas arrêtées ; l'armée avait pourvu au minimum : des paillasses, de la paille, une nourriture correcte.

Bref, une page peu glorieuse de l'histoire de France (voir le témoignage terrible et âpre d'Arthur Koestler, *La Lie de la terre*)[1], mais

1. Arthur Koestler, *La Lie de la terre*, traduit de l'anglais par Jeanne Terracini, Charlot, 1946 [1941], 430 p.

sans commune mesure avec un crime contre l'humanité.

Relier les deux, comme le fait Zemmour, c'est participer au discours ambiant de confusion historique sur Vichy et le génocide des juifs. Si les opérations de mai 1940 et la rafle du 16 juillet 1942 sont mises sur le même plan, si les unes ne sont que la répétition de l'autre, on ne comprend plus rien à rien, et l'on relativise les pires crimes du XXe siècle.

Un négationniste ?

Face à cette entreprise de falsification de l'histoire aboutissant à banaliser les crimes de Vichy, plusieurs associations ont décidé de saisir la justice au titre de la loi Gayssot. Le prétexte : un échange avec Bernard-Henri Lévy sur CNews (« Face à l'info », 21 octobre 2019). Interpellé par le philosophe, Éric Zemmour avait réaffirmé que Pétain a sauvé les juifs français : « c'est encore une fois le réel » !

Le 4 février 2021, la 17e chambre correctionnelle de Paris a relaxé en première instance le polémiste.

Avant d'examiner les arguments des juges, précisons que la loi Gayssot (13 juillet 1990) a institué le délit de contestation de crimes contre l'humanité qui permet de réprimer toute forme de négation de la Shoah. L'infraction peut ainsi résulter d'une « minoration outrancière » des conséquences de la politique antijuive de Vichy. C'est à ce titre qu'en 2018, l'ancien président de Radio Courtoisie Henry de Lesquen a été condamné pour avoir qualifié la rafle du Vel d'Hiv d'« épisode mineur de la déportation qui est elle-même un épisode mineur de la Seconde Guerre mondiale ».

Rien d'étonnant donc que le jugement précise, « quant au contenu et au sens des propos tenus », qu'affirmer « que les juifs français ont été sauvés par le maréchal Pétain contient à la fois la négation de la participation de ce dernier à la politique d'extermination des juifs menée par le régime nazi (en affichant la bienveillance dont auraient bénéficié les juifs français sous l'impulsion du chef de l'État français) et de la mort des personnes qui ont succombé à ces exactions (ceux-ci ayant été "sauvés") ».

En résumé : prétendre que Pétain a sauvé les juifs français relève du négationnisme. À ce stade, on pourrait penser que Zemmour est donc un délinquant aux yeux de la justice française. Mais la suite du jugement, relative « au contexte dans lequel les propos ont été tenus », écarte une telle conclusion.

Si les juges ne se prononcent pas sur l'argumentation mensongère de Zemmour (qui, devant le tribunal, a osé affirmer qu'il ne cautionnait pas la généralisation « Pétain a sauvé *les* juifs français » et qu'il fallait entendre, dans ses propos, « Pétain a sauvé *des* juifs français »), ils considèrent néanmoins, dans une formule alambiquée, que le prévenu « démontre », par les deux pièces jointes à sa défense (*Le Suicide français* et les passages de l'émission « On n'est pas couché » du 4 octobre 2014 tels que reproduits sur le site internet du *Point*), que le sens de ses propos s'assimile bien à « Pétain a sauvé *des* juifs français » !

Il suffit de se reporter au livre et à l'émission indiqués pour se rendre compte de la généralisation, outrancière et systématique, de Zemmour.

« Les juifs français ont été sauvés à près de 100 %, 95 % », assène le polémiste sur le plateau d'« On n'est pas couché », tandis que, dans *Le Suicide français*, il ne parle « des juifs français » que pour évoquer ceux qui, « rassurés sur leur sort par Vichy », ont pu s'occuper « l'esprit libre [*sic*] du sauvetage de leurs coreligionnaires étrangers, et surtout de leurs enfants[1] ». On a bien lu : Pétain, Vichy ont protégé *les* juifs français ; grâce à quoi certains d'entre eux, ainsi « tranquillisés », ont pu sauver des juifs étrangers...

Ce n'est pas la seule erreur factuelle contenue dans le jugement, et l'auteur de ces lignes, ayant été cité comme témoin, peut constater plusieurs inexactitudes le concernant, dont l'une est énorme : Vichy aurait « dès 1943 » massivement dénaturalisé les juifs français

1. É. Zemmour, *Le Suicide français*, *op. cit.*, p. 91.

pour les livrer aux Allemands ! C'est bien entendu l'inverse que j'ai expliqué devant le tribunal : à l'été 1943, Vichy, usant enfin de ses marges de manœuvre pour dire « non », refuse la dénaturalisation collective des juifs devenus français depuis 1927 que Pierre Laval avait d'abord promise à l'occupant.

En conclusion, les juges relèvent le « caractère inattendu du sujet abordé » par Bernard-Henri Lévy qui, lors de l'émission incriminée, interpelle Éric Zemmour en plein débat sur la Syrie : « Vous avez dit un jour une chose terrible [...] que Pétain avait sauvé les juifs. » Zemmour ayant répondu « français, précisez, précisez, français », les juges estiment qu'il a d'emblée restreint « la portée des propos qui venaient de lui être prêtés », ce qui témoigne de « son absence de volonté de s'inscrire dans une minoration outrancière du crime contre l'humanité que représente le génocide juif ».

D'où la relaxe (le procès en appel devrait avoir lieu en janvier 2022).

On peut néanmoins s'étonner que, pour examiner le « contexte dans lequel les propos ont été tenus », il n'ait pas été pris en compte ce que Zemmour a pu dire ou écrire depuis 2014. Une surenchère impliquant une « minoration outrancière » du drame de la Shoah et des crimes de Vichy aurait ainsi pu être relevée et permettre d'éclairer le bref échange du 21 octobre 2019.

Dans son livre *Destin français* (2018) puis sur l'antenne de France Culture, le polémiste s'est ainsi livré à une banalisation flagrante de la rafle du Vel d'Hiv, comparée, on l'a vu, à l'internement des ressortissants ennemis par la République en guerre en mai 1940 ou aux procédures « pour l'expulsion des étrangers irréguliers[1] ». Au cours d'un autre débat avec Bernard-Henri Lévy sur CNews, toujours sur le même sujet, il s'est écrié : « Mais on n'a pas commis de crime[2] ! »

Il est clair, pour Éric Zemmour, que Vichy n'a pas commis de crime en contribuant à la Shoah, mais a « sauvé les juifs français » (est-il

1. « Répliques », France Culture, 22 novembre 2018.
2. « Face à l'info », CNews, 26 juin 2020.

besoin de rappeler que plus de 24 000 juifs français, dont des milliers d'enfants, ont été déportés ?) et accompli, veut-il croire, la besogne de tout État digne de ce nom : se débarrasser de ses étrangers indésirables.

CONCLUSION

Grand pourfendeur de la confusion des valeurs, du nivellement par le bas ou de l'inculture historique de ses contemporains, Éric Zemmour participe pleinement, en vérité, de ce qu'il dénonce. Il est le produit d'un système médiatique mettant sur le même plan débatteurs professionnels et historiens, dont le savoir est dénigré ou galvaudé.

Le principe du talk-show est taillé sur mesure pour des gens comme Zemmour, qui s'arrange toujours pour débattre avec des journalistes ou des politiques qui en savent moins que lui ou qu'il peut déborder par son éloquence. Et, quand il se trouve face à un spécialiste qui le place devant l'une de ses falsifications flagrantes, tel l'historien

Patrick Weil, il rétorque qu'il est libre de ses interprétations[1] !

Or, en histoire comme dans n'importe quel domaine, tout ne se vaut pas ; il est des interprétations erronées et irrecevables car mal fondées. Le triomphe de Zemmour repose donc sur un profond relativisme, dans l'air du temps, qui autorise à tout dire, à tout contester, à tout niveler. Le comble pour un zélateur de la « hiérarchie des valeurs ».

Surtout, le polémiste est le symptôme d'une certaine paresse intellectuelle, qui pousse parfois journalistes et politiques à céder à la facilité voire à un masochisme effréné (ainsi, dans le discours du président Macron commémorant la rafle du Vel d'Hiv en 2017, la France apparaît comme la responsable de la mort des juifs : plus d'Allemands donneurs d'ordre et même plus de génocide ; juste des Français antisémites !), et ouvre des boulevards à la rhétorique zemmourienne.

1. BFM TV, 23 octobre 2018.

Ainsi, la place laissée à la complexité historique, à l'explication nuancée, est toujours plus restreinte. Pourtant, face au phénomène Zemmour, il n'y a sans doute pas d'autre planche de salut que celle de l'exactitude des faits et de la rigueur de l'analyse – l'à-peu-près, la généralisation outrancière, l'indignation ou l'invective sont les armes du polémiste.

*

Pour les admirateurs et amis les moins complaisants d'Éric Zemmour, ses propos sur Vichy, Pétain, la Shoah relèvent, croient-ils, de la lubie. Même Éric Naulleau, qui les juge « insupportables » et « contre-productifs », n'y voit qu'un « égarement[1] », et ne semble pas comprendre le lien entre cette réécriture de l'histoire et le projet politique sous-jacent.

Loin d'être un égarement ou un dérapage (« Je ne dérape jamais, je dis ce que

1. « Restons zen », Paris Première, 29 septembre 2021.

je pense[1] »), cette réhabilitation du régime pétainiste et de sa politique antisémite est un élément fondamental de sa construction politique. Elle vise à libérer la droite de ses complexes supposés ; à rendre acceptables des mesures jusqu'alors impensables à cause du souvenir des crimes de la collaboration ; à lever l'hypothèque Vichy afin de réunir droite et extrême droite ; à préparer les esprits à une réaction nationaliste et antimusulmane. Elle est d'ailleurs contemporaine de la maturation de ses ambitions politiques. En 2010, le chroniqueur d'« On n'est pas couché » écrivait encore, à propos de la politique antijuive de Vichy, que, « sans l'aide de la police française, les Allemands n'auraient pas eu les moyens de rafler autant de Juifs[2] »…

Combattre la « doxa » sur Vichy et la déportation des juifs est « très important », assurait Zemmour à la journaliste Léa Salamé en

1. Interview d'Éric Zemmour sur le site internet de *Valeurs Actuelles*, 29 septembre 2021.

2. É. Zemmour, *Mélancolie française*, *op. cit.*, p. 116-117.

2014[1]. « Si on n'arrive pas à déconstruire ça, on n'arrivera à rien », assenait-il en privé, au préfet Monzani, à la fin de l'année 2019[2].

Mais, en septembre 2021, le candidat putatif à l'élection présidentielle a suscité le tollé en réaffirmant au micro d'Europe 1 la thèse selon laquelle « Vichy a protégé les juifs français et donné les juifs étrangers » et en jugeant « criminel » le discours du Vel d'Hiv de Jacques Chirac en 1995. Il a donc décidé « de ne plus parler de cette histoire » : « On ne veut pas discuter d'histoire avec moi, on veut me salir et abîmer l'image que des gens ont de moi. [...] Moi j'ai été trop gentil, trop loyal, j'aime trop le débat historique[3]. »

Sur RMC, une semaine plus tard, il a étoffé cette tirade victimaire. En fait, découvre-t-on ébahi, il n'est « pas du tout hanté par la Seconde Guerre mondiale, au contraire » : ce n'est pas une période qui l'intéresse car la

1. « On n'est pas couché », France 2, 4 octobre 2014.
2. Cité par É. Girard, *Le Radicalisé*, *op. cit.*, p. 179.
3. « Restons zen », Paris Première, 29 septembre 2021.

France alors était abaissée et lui, ce qu'il aime, c'est quand la France est grande[1] !

Une telle propension au mensonge (n'est-ce pas Zemmour qui ramène tout aux années de guerre, voit partout des « résistants » et des « collabos », ne cesse d'invoquer Pétain et de Gaulle ?) et à la victimisation devrait dessiller les yeux des femmes et hommes de bonne foi qui voient dans le polémiste d'extrême droite un sauveur de la Nation.

Surtout, les contrevérités qu'il émet sur des faits établis de longue date par la recherche historique devraient faire douter de la pertinence de ses diagnostics sur les problèmes, si complexes, du présent.

Enfin, ses raisonnements de type paranoïaque (lors de son débat avec Michel Onfray, il a réaffirmé la nécessité de proposer sur Vichy « un contre-discours à la doxa dominante » car il faut « combattre les gens qui nous détestent et qui veulent nous détruire ») et ses certitudes affolantes (« Je pense que finalement j'ai le mot

---

1. « Les Grandes Gueules », RMC, 4 octobre 2021.

de la fin », a-t-il ajouté, toujours sur le même sujet, au cours du même débat[1]) devraient mettre en alerte tout esprit raisonnable.

1. Débat au Palais des congrès de Paris, 4 octobre 2021.

REMERCIEMENTS

Éditeur et ami de vingt ans, Christophe Bataille m'avait proposé d'écrire ce livre en octobre 2018. L'idée a cheminé à travers différents méandres jusqu'à la percée d'Éric Zemmour dans les sondages pour l'élection présidentielle.

Ce qui m'intéressait surtout était de raconter comment l'histoire de Vichy et de l'extermination des juifs a été écrite depuis 1945. C'était, je crois, la meilleure réponse à donner aux falsifications historiques de Zemmour et pour démonter le mythe, le fantasme, d'une « doxa » incarnée par l'historien américain Robert Paxton. J'ai mené depuis deux ans et demi une vaste enquête sur le sujet, qui nourrit les chapitres 2 et 3. La confiance de Christophe a fait le reste. Sans lui, ce livre, tel qu'il est, n'existerait pas.

Tous mes remerciements enfin à mon frère Marc et à mes fidèles amis Grégoire Kauffmann et Patrick Weil pour leurs relectures et leur soutien de tous les instants.

TABLE

Cet ouvrage a été achevé d'imprimer
par CPI Firmin-Didot au Mesnil-sur-l'Estrée
pour le compte des éditions Grasset
en décembre 2021.

Composition et mise en page
Nord Compo à Villeneuve-d'Ascq

PAPIER À BASE DE
FIBRES CERTIFIÉES

Grasset s'engage pour
l'environnement en réduisant
l'empreinte carbone de ses livres.
Celle de cet exemplaire est de :
400 g éq. CO_2
Rendez-vous sur
www.grasset-durable.fr

N° d'édition : 22275 – N° d'impression : 167525
Dépôt légal : janvier 2022
Imprimé en France